BASTEI
LÜBBE

von heute
Bastei-SF
Das Killer-Ding
Kate Wilhelm
BASTEI
TASCHENBUCH

Kate Wilhelm

DAS KILLERDING

Science Fiction Roman

Ins Deutsche übertragen
von Ingrid Rothmann
Bearbeitet und ergänzt
von Marcel Bieger

BASTEI
LÜBBE

BASTEI-LÜBBE-TASCHENBUCH
Band 23 179

Erste Auflage:
Juli 1996

Das Buch erschien bereits 1971 mit der Bandnummer 1 unter dem gleichnamigen Titel

Deutsche Lizenzausgabe 1996
by Bastei-Verlag
Gustav H. Lübbe GmbH & Co.,
Bergisch Gladbach
Originaltitel:
The Killer Thing
Lektorat:
Stefan Bauer
Titelbild: Attila Boros
Umschlaggestaltung:
Quadro Grafik, Bensberg
Satz: Digital-Offset-Druck
W. Steckstor, Bensberg
Druck und Verarbeitung:
Brodard & Taupin,
La Flèche, Frankreich
Printed in France

ISBN 3-404-23179-1

1

Da war nun die Wüste. Schimmernder weißer Sand, der sich wie Puder anfühlte. Ein watteweißer Himmel, zu einem Viertel von der grellen Sonne hell erleuchtet. Kein Lufthauch, keine Bewegung. Nicht ein einziges Sandkörnchen rührte sich. Die Gegend wirkte wie eine weiße Wolldecke mit eingewebten Silberfäden in wahllosem Muster – eine achtlos hingeworfene Decke, die sich zu sanften, diagonal verlaufenden Hügelrücken wellte. Sie erstreckte sich in endlose Weiten und entzog das darunterliegende felsige Land den Blicken des Mannes. An der Grenze des Gesichtskreises verschmolz die gebleichte Wolle mit der weißen Watte. Die Welt war begrenzt, als stünde er innerhalb einer abgeflachten Kugel. Zwischen ihm und der Wüste ragten kahle Felsen aus verdorrtem Untergrund, so öde wie das Land vor ihm.

Die Felsen waren aus Basalt, Granit und Quarzit.

Etwas so Weiches und Witterungsempfindliches wie Sandstein gab es auf dem Planeten nicht.

Momentan war es ruhig und windstill. Wind würde erst später aufkommen, bei Sonnenuntergang, wenn der Boden die gespeicherte Hitze des langen Tages wieder ausstrahlte. Dann würde der Wind fünf oder sechs Stunden wehen und statt Hitze Kühlung bringen. Dabei erhoben sich schmale tornadoartige Windsäulen vom überhitzten Boden in die dünne Atmosphäre, sanken durch heiße Luftschichten zurück, setzten diese in Bewegung und bildeten neue Wirbel. Bis zur Morgendämmerung zehrten sich die Winde auf, nachdem sie einen labilen Ausgleich hergestellt hatten.

Die aufgehende Sonne brachte die Luft dann wieder in Wallung. Die Hitze setzte die nachtkühle Luft immer heftiger in Bewegung, bis Luft und Boden erneut erhitzt und der aufrührerische Wind zur sanften, beständigen Brise abgeflaut war, die sich in nichts auflöste, als wäre der Wind bedacht, den in der Nacht angerichteten Schaden wiedergutzumachen und die Sandflächen zu glätten, bis sie abermals anmutige Reihen sanft gerundeter Dünen bildeten.

Der Mann wußte, daß er sich nicht so weit und so lange vom Basislager entfernen durfte. Sein Verlangen, sich davonzuschleichen, war übermächtig geworden.

Heute hatte er diesem Drang nachgegeben.

Er krümmte sich unter dem Gewicht seiner Marschausrüstung. Lunge und Herz kämpften mit dieser zusätzlichen Belastung. Er war bereits wieder auf dem Rückweg und trachtete danach, immer im Felsschatten zu bleiben. Ein muskulöser Mann, über einsachtzig groß, mit zweiunddreißig Jahren noch jung, dennoch schwer kämpfend. Die Luft war einfach zu dünn. Auf diesem Planeten war es nicht unbedingt erforderlich, Sauerstoffbehälter mitzuschleppen, doch als seine Lungen nach Luft rangen, überlegte er, ob sich diese Mühe nicht doch gelohnt hätte. Dann fiel ihm ein, daß die Behälter ohnehin leer waren. Sein weißer Anzug, der die Lichtstrahlen reflektierte, wurde von einem mit Drähten bestückten Helm gekrönt, der mit den lebenswichtigen technischen Einrichtungen ausgestattet war. Er hatte sein Hörgerät eingeschaltet, damit er rechtzeitig die Mordmaschine entdeckte, sobald diese bis auf fünf Kilometer Entfernung herankam. Die durchsichtige Gesichtsmaske hatte er so eingestellt, daß er sehen konnte, ohne sich der Gefahr der ›Schneeblindheit‹ auszusetzen. Dabei hatte er sein Blickfeld einengen müssen. Seine Sehkraft reichte nicht aus, Gegenstände im Schatten der grotesk geformten Felsen zu erkennen. Trotzdem tappte er nicht blind umher. Was bedeutete das schon – Blindheit? Bei diesem Roboter spielte es keine Rolle, ob man blind war oder nicht.

Sein Lager war das Landefahrzeug, das ihm als Transportmittel vom Raumschiff zum Planeten gedient hatte. Das Schiff selbst befand sich jetzt in einer festen Umlaufbahn um den Planeten. Im gleißenden Licht der Sonne blieb es unsichtbar. Später, bei Sonnenuntergang, würde es als leuchtender Punkt am Himmel auftauchen. Die Fähre, die er zwischen zwei Mammutsäulen aus Basalt verankert hatte, war noch drei Meilen von ihm entfernt. Er wechselte täglich den Lagerplatz, flog dabei im Tiefflug über den Boden und landete mindestens achtzig Kilometer weit vom letzten Standort entfernt. Der Treibstoff reichte nur noch für drei Ausweichmanöver, wenn er die Reserve nicht mitrechnete, die ihn zu dem Raumschiff in der Umlaufbahn zurückbringen sollte.

Der Mann wußte, daß sich der offenbar schwer angeschlagene Roboter nur mit einer Geschwindigkeit von fünf Meilen in der Stunde fortbewegen konnte.

Aber selbst diese verminderte Geschwindigkeit war noch viel zu groß für einen Menschen, der in dieser Hitze und der dünnen Luft zu Fuß marschieren mußte.

Trace blieb stehen und lauschte. Links von ihm war etwas von einem Felsen abgeprallt. Er drückte sich flach gegen den Stein und blieb die nächsten zehn Minuten bewegungslos stehen. Kein weiteres Geräusch folgte. Vorsichtig schlich er um den Felsen herum, auf den Schatten des nächsten zu. Ein Energiestrahl schnitt durch den Granit über ihm und färbte den Stein kirschrot, dann weiß und löste ihn schließlich in Dampf auf. Der Mann preßte sich an den Fels. Durch die steil aufragenden Felsnadeln war er dem Wirkungsbereich des Strahls entzogen. Vielleicht würde das verdammte ›Ding‹ versuchen, ihn mit einem Steinschlag zu zermalmen . . .

Nein! Er schloß die Augen so fest, daß es schmerzte.

»Das ›Ding‹ hat keine Phantasie. Denk daran, Trace! Es hat nur einen Computer als Gehirn. Es ist programmiert, mit Laserstrahlen und Kernenergie zu töten.«

»Du täuschst dich, mein Junge. Habe ich dir nicht gesagt, daß es einfach verschwindet? Plötzlich ist es weg. Das ›Ding‹ hat etwas Neues entwickelt, mein Junge – einen Schutzschild, hinter dem es sich versteckt!«

Dieses Gespräch war in seiner Erinnerung aufgetaucht. Jetzt war es wieder verstummt. Alles war verstummt. Die Stille war vollkommen und schloß sogar den eigenen Atem und Herzschlag aus. So lautlos, dachte Trace, kann sich das ›Ding‹ gar nicht bewegen, daß ich es überhöre. Nicht mit solchen Metallmassen, die es über den kahlen Felsboden schleppen muß. Dazu kommt noch die starke radioaktive Spur, die es hinterläßt. Allerdings war diesmal der Strahlenalarm ausgeblieben. Hatte das ›Ding‹ inzwischen gelernt, sich so raffiniert anzuschleichen, daß zwischen dem Jäger und dem Gejagten dicke, strahlendämpfende Felswände standen?

Die Reichweite des Laserstrahls betrug drei Kilometer. Das ›Ding‹ mußte also hier gelauert haben, bis er in die Reichweite seiner Waffe gekommen war. Das bedeutete, daß es sich seitlich auf gleicher Ebene mit ihm befand oder sogar vor ihm ... Das Geräusch war links von ihm gewesen. Jetzt hatte er schon wieder etwas gehört. Einen leisen Schleifton, wie er einem Feuerstoß vorangeht. Er robbte über den Boden, hielt sich dicht an die Felsen und zog sein Marschgepäck nach. Noch einmal feuerte das ›Ding‹. Der Strahl war zu kurz ausgefallen und umspielte die Felsnadel, die er eben verlassen hatte. Nach einer Viertelmeile richtete Trace sich am Fuß eines Basaltblockes von zwanzig Metern Durchmesser und etwa doppelter Höhe vorsichtig auf. Sein Lager war noch eine gute halbe Stunde entfernt. Er hätte diesen Ausflug nicht riskieren dürfen. Es war ein Fehler gewesen, das Lager zu verlassen. Er hatte seine Schwäche und die entnervende Wirkung von zuviel Hitze und zu wenig Sauerstoff unterschätzt.

Doch so schnell hätte der Roboter ihn eigentlich nicht aufspüren dürfen. Hatte das ›Ding‹ inzwischen gelernt, sich dem unebenen Boden anzupassen? Arbeitete es an der Wiederherstellung seiner Beschleunigungsaggregate?

Er hielt in seinen Gedanken inne und lauschte statt dessen den Stimmen seiner Erinnerung.

»Trace, die Bombe hat uns erwischt und den Hilfskontrollraum getroffen.«

»Stan, Morris ...?«

»Sie sind alle tot. Hast du von dem ›Ding‹ noch die Positionsdaten?«

»Ja, wir kommen immer näher heran. Aber der Druck sinkt zu rasch. Wir müssen aussteigen ...«

»Was tut es jetzt?«

»Offenbar haben wir sein Kontrollsystem angekratzt – es gerät in eine Kreiselbewegung.«

Sie beobachteten das Raumschiff, das sie seit über drei Monaten verfolgt hatten. Ihre Sensoren hatten es fixiert, so daß es sie nicht abschütteln konnte. Immer näher waren sie herangekommen; aber nie bis auf eine vernichtende Schußweite. Erst jetzt konnten sie dem ›Ding‹ den Fangschuß geben. Trace streckte die Hand nach dem Auslöseknopf aus. Im gleichen Moment blinkte ein rotes Licht auf, und drei grüne Lichter erloschen. Er wandte sich achselzuckend an Duncan: »Mach die Fähre klar!«

»Ist bereits klar. Das ›Ding‹ feuert immer noch zurück. Sieht so aus, als würde es ein Zufallsmuster benutzen.«

Das andere Schiff stürzte, sich überschlagend, auf den Planeten zu. Jedesmal, wenn es ihnen die Breitseite zeigte, schoß das automatische Feuerungssystem eine Salve Nuklearraketen auf sie ab. Ohne Heck und mit beschädigtem Energieschild war das Patrouillenschiff manövrierunfähig. Der Besatzung blieb nichts anderes übrig, als abzuwarten.

»Es schießt jede einzelne Rakete ab, die es an Bord hat.«

»Würdest du an seiner Stelle anders handeln?«

Sie konnten weder zurückschießen noch ihre Position ändern. Nur wenn sie die Hauptbremsraketen zündeten. Die grünen Lampen der Steuerungskontrolle waren bei dem Treffer erloschen. Zwei weitere Lichter blitzten rot auf. Das Schiff erbebte unter einem neuen Einschlag. Der scharfe Geruch schwelender Isoliermasse stieg beizend in die Nase.

»Wir müssen löschen. Der Druck fällt noch rascher ab. Druckanzüge überprüfen!«

»Okay!«

»Wir bringen das Schiff in eine feste Umlaufbahn und schalten ab. Die Fernmeldeverbindungen sind sowieso abgerissen. Konnte die letzte Meldung nicht ganz durchgeben ... Wir haben nicht genügend Sauerstoffvorräte, um hier oben auf Rettung zu warten. Sieht so aus, als müßten wir unten auf dem Planeten ausharren. Gut, daß wir die Koordinaten durchgegeben haben!«

Abermals erbebte das Schiff. Eine Legion roter Lichter flackerte auf. Ein Volltreffer ...

Trace schüttelte energisch den Kopf. Er verdrängte die Stimmen und Bilder gewaltsam aus seinem Gedächtnis. Stolpernd ging er auf die Fähre zu. Die Beine schmerzten vor Anstrengung. Der Körper machte schlapp. Er war ausgelaugt von der Hitze und der Anstrengung, der dünnen Luft dieses Planeten genügend Sauerstoff abzugewinnen. Bevor Trace sich dem Landefahrzeug näherte, machte er vorsichtshalber noch einen weiten Bogen und hielt nach Spuren des Roboters Ausschau. Dabei drehte er seinen Detektor voll auf. Diese verdammte Mordmaschine samt seinem Raumschiff war radioaktiv geworden. Der Roboter gab noch immer harte Strahlung ab. Das meiste davon wurde von seinem Schutzschild abgefangen. Aber bei jedem ›Schritt‹, den der Roboter tat, wurde der Boden radioaktiv verseucht. Die Spurensuche geschah ganz automatisch, auch wenn er nicht wirklich glaubte, im Sand zwischen den Felsen etwas entdecken zu können. Einige Male hatte er die Spuren aufgegriffen. Sie hatten seine Verwirrung nur noch gesteigert, bis ihm klar wurde, daß der Roboter verschiedene Fortbewegungsmöglichkeiten besaß: Räder, Raupenketten und noch etwas, das eine breite Bahn zermalmter Steine und plattgewalzten Sandes hinterließ. Trace verbot sich jeden Gedanken daran, was wohl geschehen würde, wenn das ›Ding‹ imstande wäre, seine Raupenketten der ursprünglichen Konstruktion entsprechend einzusetzen. Damit konnte es eine enorme Geschwindigkeit entwickeln. Spuren ließen sich nur mit dem Detektor einwandfrei feststellen. Doch das Gerät blieb stumm.

Das ›Ding‹ war also nicht da gewesen. Die Luft war rein. Trace ging direkt zur Fähre und schloß sich ein. Bevor er den Helm abnahm, stellte er die Detektoren in dem kleinen Landefahrzeug ein. Dann zog er den Schutzanzug aus. Die Temperatur im Inneren der Fähre betrug über vierzig Grad Celsius, zehn Grad weniger als draußen. Obzwar Trace aus allen Poren schwitzte, verdunstete die Feuchtigkeit in der trockenen Luft sofort. Seine Haut war von einer Salz- und Schmutzkruste überzogen.

Die Fähre war zweisitzig

Die beiden Klappsitze waren nebeneinander angeordnet, dreißig Zentimeter vom Armaturenbrett entfernt.

Hinter den Lehnen blieb nur Platz für die Ausrüstung der Besatzung: Medikamente, Notrationen, Leuchtgeräte und die Allwetteranzüge. Zwei zusätzliche, inzwischen geleerte Sauerstofftanks hatte Trace über Bord geworfen, um mehr Raum zu schaffen. Bei der Landung hatte die Fähre ein faustgroßes Loch abbekommen. Duncan war bewußtlos gewesen. Ein Meteorit hatte ihm die Brust eingedrückt. *»Tu das nicht, Trace. Du wirst es noch dringend brauchen.«*

Duncans Stimme hing noch immer in der Fähre, als hätten sich die Wände damit vollgesogen und gäben Tag für Tag etwas von diesem Vorrat ab. Bruchstückweise, immer nur flüsternd.

Die Plastikfolie, die Trace als Sauerstoffzelt benutzt hatte, hing noch immer über dem rechten Sitz, Duncans Sitz. Sie wurde von der statischen Elektrizität an ihrem Platz gehalten und schimmerte dort, wo sie das Polster berührte, dunkelrot.

Trace aß nur wenig, ohne Bedauern, daß er mit seinen Beständen haushalten mußte. Die Hitze zehrte alles auf: den Schweiß, den Appetit und die Energie. Die Fähre besaß keine Wasseraufbereitungsanlage. Voll Bedauern dachte er an den unbrauchbar gewordenen Wasserkonverter auf dem Mutterschiff, das wie ein stählerner Sarg über dieser Wüste von Sand und Felsen schwebte.

Nach dem Essen hatte er nichts mehr zu tun. Bald würde er seinen Standort wieder ändern müssen. Doch das durfte jetzt noch nicht geschehen. Nicht, ehe das ›Ding‹ näher herangekommen war. Erst bei Anbruch der Dunkelheit. Sonst spürte der Roboter ihn während der Nacht auf und überraschte ihn im Schlaf. Diese Mordmaschine kannte keine Pausen, keine Erschöpfung. Der Angriff heute nachmittag war der vierte in drei Wochen gewesen. So lange dauerte schon diese mörderische Jagd.

Trace konnte erst in eineinhalb Wochen Hilfe erwarten. Eineinhalb Wochen Versteckspiel vor dem Mordroboter. Trace starrte durch die Scheibe hinaus auf den Weg, den er zurückgelegt hatte, doch dort war nichts zu sehen, nichts als Felsen und Sand. Die Schatten wurden länger.

Bald würde er sich in einer Alptraumwelt schwarzer Monolithen befinden, die verschwommen und bizarr in den weißen Himmel wuchsen – in einer Welt schwarzer Linien, die den weißen Sand am Fuße der Felsen durchzogen. Das war die schlimmste Zeit, wenn er auf den Wind wartete, der alle Spuren wieder löschte. Es war die unheimliche, schweigende Pause der langen Schatten, die sich nicht grau, sondern drohend schwarz vom hellen Hintergrund abhoben.

Wieder drang Duncans Flüstern an sein Ohr.

Er lauschte mit geneigtem Kopf:

»Vom Planeten kann das ›Ding‹ nicht mehr abheben. Doch keiner weiß, daß es da ist. Nur du, Trace! Du mußt überleben und Meldung erstatten! Du bist der letzte, der das kann! Als wir die Kontaktaufnahme melden wollten, ist die Verbindung abgerissen. Unsere Leute wissen nicht Bescheid. Man wird das Raumschiff da oben entdecken und nach der Fähre suchen; aber kein Mensch ahnt, daß der Killer hier ist! Sag es ihnen, Trace, sag es ihnen!«

»Klar, Duncan«, erwiderte Trace mit lauter Stimme und sah sich nach Duncan um.

Dann schüttelte er die Zwangsvorstellung ab. Trace stand auf.

Die Angst schlug sich in Form kleiner Schweißtropfen auf Mund und Nase nieder. Er kochte Kaffee und goß ihn schwarz und heiß hinunter. Noch einmal warf er einen kurzen Blick auf die sonderbar gestreifte Welt, die sich vor der Sichtscheibe ausbreitete.

Die Einsamkeit macht es so schlimm, sagte er sich bei

der zweiten Tasse. Er konnte sich nicht erinnern, jemals im Leben so allein gewesen zu sein. Eine Raumpatrouille bestand immer aus sechs bis acht Leuten. Die Fähren boten Platz für zwei oder mehr Personen. Niemand flog allein in den Weltraum hinaus. Selbst wenn der Partner schlief, konnte man seinen Atem hören. Auch wenn man ihn nicht hörte, spürte man seine Gegenwart. Das war ein gewaltiger Unterschied, wenn man wußte, daß ein Mitmensch in der Nähe war. Er ertappte sich wieder beim Lauschen und zog dann das Logbuch heraus, um die Ereignisse des heutigen Tages niederzuschreiben. Dabei schweiften seine Gedanken immer wieder ab. Die Seite im Logbuch blieb leer. Er hatte nichts eingetragen. Statt dessen überprüfte er nochmals seine Berechnungen.

Er hatte nur noch so viele Sauerstoffreserven, daß er nach dem Start vier Tage im Raumschiff überleben konnte. Von den Treibstoffreserven konnte er kaum etwas abzweigen. Es würde reichen, um mit der Fähre zweihundertvierzig Kilometer weit zu fliegen. Um diese Entfernung zurückzulegen, brauchte der Roboter dreißig Stunden. Selbst wenn man die Zeit dazurechnete, die der Roboter benötigte, um seinen neuen Standort zu orten, blieben ihm nicht mehr als vierzig Stunden, in denen er sich auf dem Planeten verhältnismäßig sicher fühlen konnte. Doch er würde diese Welt frühestens in einer Woche verlassen können ...

Bis jetzt hatte er Glück gehabt. Er hatte den Mut aufgebracht, hier auszuharren, obwohl ihn die Sensoren des Roboters sofort aufgespürt hatten. Er hatte sich auf sein Warnsystem verlassen können, das immer in Aktion trat, wenn das ›Ding‹ auf Schußweite herankam. Trotzdem nahm der Roboter jedesmal wieder seine Spur auf. Ganz gleich, welchen Schaden ihr Treffer oder die Bruchlandung bei dem Roboter angerichtet hatte: Seine ›Fühler‹

arbeiteten ausreichend, um ihn immer wieder orten zu können. Trace hatte keine Ahnung, welche Funktionen der Roboter inzwischen wieder instand gesetzt hatte und über welche technischen Fertigkeiten er überhaupt verfügte. Er hatte jede neue Funktion sorgfältig registriert, sobald er sie entdeckte. Jedes neuentdeckte ›Talent‹ des Roboters war eine böse Überraschung und eine tödliche Bedrohung.

Trace konnte es auch nicht wagen, den Planeten früher als nötig zu verlassen, weil der Roboter imstande war, seine eigene Fähre zu reparieren. Er hatte ihn schon am ersten Tag seines Zwangsaufenthaltes auf diesem Planeten bei Reparaturarbeiten beobachtet.

Trace hatte das ›Ding‹ zum erstenmal zu Gesicht bekommen, als er hoch oben auf dem Grat einer Basaltklippe kauerte. Der Roboter war ungefähr drei Meter groß, besaß einen tonnenartigen Rumpf und schwenkbare Greifarme, mit denen er alle Werkzeuge bedienen konnte. Die Fähre hatte sich aus dem beschädigten, torkelnden Raumschiff wie ein Geschoß gelöst und war wie eine weißglühende Sternschnuppe auf den Planeten abgestürzt. Trace und Duncan hatten den Sturz beobachtet. Sie waren überzeugt gewesen, daß der Roboter mit seiner Fähre verglüht war. Den ›Aufprall‹ hatten sie nicht sehen können.

Als Trace später entdeckte, daß das Metallungeheuer seine Fähre wieder instand setzte, mußte er sich damit abfinden, daß der Roboter auch Bruchlandungen heil überstand. Das ›Ding‹ hatte ihn ebenfalls bemerkt, als er sich näher heranschlich, um den Roboter mit seinem Handstrahlenwerfer zu ›töten‹. Plötzlich verschwand das ›Ding‹ vor seinen Augen.

Wie weggepustet. Eine Sekunde später löste sich auch die Fähre in nichts auf.

Das ›Ding‹ hatte ihn also bereits mit einem ›Talent‹ überrascht.

Der Roboter hatte es nicht nur irgendwie fertiggebracht, die Fähre zu landen, ohne sie dabei vollständig zu zerstören, er hatte zudem offenbar einen Energieschirm entwickelt, der Lichtstrahlen ablenkte und Gegenstände unsichtbar machen konnte.

Zuerst, als Trace den Roboter abstürzen sah, hatte er noch gelächelt. In seinen Berichten stand doch, daß die Maschine unverwundbar sei. Daß das ›Ding‹ den Absturz überlebte, gab ihm zu denken. Als er knapp dem Tod entging, weil das ›Ding‹ über einen Laser verfügte, der Metall und Stein innerhalb dreißig Sekunden in Dampf verwandelte, bekam er Angst. Er flüchtete vor dem Roboter.

Drei Wochen später war er immer noch auf der Flucht.

Wieder lauschte er.

Diesmal war es ein Geräusch unmittelbar vor ihm. Die Landefähre wurde mit Sand besprüht. Zwischen den Felsen kam Wind auf. Bis jetzt war es nur ein unheimliches pfeifendes Geräusch, das sich erst in einer Stunde zu einem wahnsinnigen Heulen, Kreischen und Jammern steigerte. Höchste Zeit, daß er seinen Standort 80 Kilometer weiter verlegte. Trace setzte sich vor die Schaltkonsole. Kurz bevor er vom Boden abhob, vernahm er das Warnsignal des Strahlendetektors, der sich im Stakkatoton meldete.

Das ›Ding‹ kam wieder näher . . .

»Ich kann die Fähre nicht aufspüren ... Sie lenkt die Strahlung nach unten ab, direkt in den Boden. Nichts davon dringt nach außen ...«

»Vernichte die Fähre und versteck dich dann, Trace. Es gibt keine andere Möglichkeit.«

»Ich kann sie nicht finden.«

»Lenke das ›Ding‹ ab und sorge dafür, daß es nicht zur Fähre zurückkehren kann, um sie zu reparieren. Sieh zu, daß es ständig hinter dir her ist ...«

2

Trace hob ab. Wie eine Riesenfaust packte ihn der Sturm, als er den Windschatten der Felsen verließ. Er flog, den ständig stärker werdenden Wind im Rücken, in östlicher Richtung und ließ die Felsen und das Metallungeheuer hinter sich. Die Sonne stand tief im Westen. Die Schatten der Felsnadeln wurden zu langen, spitzen Pfeilen. Dann hatte er sich aus dem bizarren Muster der Silhouetten befreit.

Vor ihm dehnte sich nichts als Sand. Er schien zu brennen, glich einem kochenden See flüssiger Lava, die im Begriffe stand, mit lodernder Flamme in den Himmel hinauf zu schießen. Er warf einen Blick hinter sich. Die dunklen Zacken der Berge ragten in den sich violett färbenden Himmel wie eine seltene schwarze Orchidee hinein, die zu Eis erstarrt war.

Im Osten, jenseits der Berge, färbte die hereinbrechende Nacht den Himmel dunkel.

Sand wirbelte vom Boden auf. Trace flog zuerst vierzig Kilometer in die Wüste hinaus und drehte dann nach Norden ab. Er wußte, daß er den Schutz, den ihm die steinigen Flanken der Berge gewährten, nicht entbehren konnte. Vor einer Woche hatte er versucht, sich in der Wüste zu verstecken. Er hatte einen ganzen Tag damit verloren, die Landefähre vom Sand freizuschaufeln, der sich über Nacht darauf abgelagert hatte.

Als er landete, war er vom letzten Standort nur vierundzwanzig Kilometer entfernt. Vielleicht würde ihn das ›Ding‹ diesmal bis in die Wüste hinaus verfolgen. Wenn möglich, wechselte er den Landeplatz erst wenige Minuten, ehe der Sturm aufkam. Er hoffte, dadurch seine Spuren zu verwischen. Aus dem gleichen Grunde trachtete er, die letzten Meilen des Fluges im Windschatten der bizarren Felsen zurückzulegen. Trace rechnete damit, daß die vom Flugkörper erzeugte Wärme und Schallwellen – oder was immer es sein mochte, das den Roboter jeden Tag wieder auf die richtige Spur brachte – von dem Gebirgsmassiv absorbiert wurden.

Die starken Windböen und die zunehmende Dunkelheit hielten ihn nicht davon ab, seinen Lagerplatz sorgfältig auszuwählen. Er stellte seine Landefähre am Fuß einer neunzig Meter hohen Felswand ab. Der Wind hatte hier gleichsam mit einem Sandgebläse den Stein bearbeitet, hatte die Wand ausgehöhlt, so daß ein Überhang von zehn Meter Breite entstanden war. *»Ist nicht gerade ein Vergnügungspark, was, Trace?«*

»Nur ein bißchen Pech, weiter nichts. Dieser eine Gebirgskamm, und dann der Sand ...«

»Ja, ganz genau. Tausend Kilometer Sand und Fels, die wir in den nächsten Wochen durchwühlen dürfen. Vielleicht finden wir ja auch ein paar Bodenschätze ...«

»Paß auf, Duncan! Objekt auf sieben Uhr!«

Trace schaltete sorgfältig alle Aggregate aus. Nichts beanspruchte jetzt mehr seine Energie und Aufmerksamkeit. Er fühlte sich wie zerschlagen. Die Hitze und die Anstrengung des Fußmarsches hatten ihn vollkommen erschöpft. Trace drückte auf den Hebel, der den Sitz in ein Bett verwandelte. Er streckte sich aus, verschränkte die Hände hinter dem Kopf und schloß die Augen. Hier geht meine Flucht wohl zu Ende, überlegte er. Beim

Anflug aus der Wüste hatte er bemerkt, daß das Felsmassiv ein paar Meilen von seinem Lagerplatz entfernt in sandige Dünen überging. Das Felsplateau war schmal wie ein Handtuch, hatte einen Durchmesser von lächerlichen zwanzig Meilen. Vor dem Roboter konnte man sich hier kaum mehr verstecken. Er hätte dieses letzte Ausweichmanöver besser unterlassen sollen. Aber vielleicht machte das ›Ding‹ diesmal einen Fehler. Man mußte seinem Glück vertrauen.

Ein müdes Lächeln spielte um seine Mundwinkel.

Es kann nichts falsch machen, Tracy. Vorausgesetzt, es ist nicht falsch programmiert. Das ›Ding‹ ist nichts anderes als eine denkende Maschine. Es arbeitet logisch. Die Logik ist das Programm, mit dem man diese Maschine gefüttert hat. Es handelt nicht ›gut‹ oder ›schlecht‹. Es tut, was ›richtig‹ ist. Denn das ›Richtige‹ ist immer logisch.

Man hat es mit Daten gespeist und einer begrenzten Anzahl von Möglichkeiten, wie man diese Daten miteinander verbinden kann. Das ›Ding‹ kann an der Richtigkeit seiner eingespeisten Daten nicht zweifeln. Es zweifelt nie. Es handelt danach, was in seinem ›Gehirn‹ steckt. Aber ich kann mehr! Ich kann zweifeln, das Falsche tun, das Unlogische! Der Himmel stehe mir bei! Das wäre eine Lösung ...

Der Sturm tobte. Wirbel bildeten sich, hoben Sand, Geröll und Felsbrocken vom Boden und schleuderten sie gegen die Bergwände. Gewaltige Granitblöcke wurden hochgestemmt, aneinander gerieben und als grober Sand abgelagert, der mit der Zeit immer feiner zermahlen wurde, bis er schimmerndem Puder glich.

Wie schaffte es das ›Ding‹, dem Sturm auszuweichen?

Hielt es sich ständig auf der Leeseite der Berge auf? Durchwanderte es die Schatten, an denen der Wind entlangheulte, ohne je in sie einzudringen?

Trace schlummerte ein. Seine Muskeln schienen sich

abwechselnd zu spannen und wieder zu entspannen. Schließlich glitten seine hinter dem Kopf verschränkten Hände hervor. Ein Arm ruhte schwer auf seiner Brust, während der andere von der Liege herabbaumelte, ohne den Boden zu berühren.

Die knochigen schwarzen Finger, die sich dem Himmel entgegenstreckten, krümmten sich plötzlich und krochen über den Boden, verbanden sich mit anderen Fingern und bildeten eine dunkle, undurchdringliche Wand. Aus der Basis der schwarzen Wand schoben sich zögernd weitere Finger hervor, suchten sich tastend einen Weg zwischen Felsen und über Steinbrocken und zogen die Wand dabei hinter sich her.

Näher und näher rückte die dunkle Wand. Während sie sich bildete, konnte Trace sich nicht bewegen, doch plötzlich war er frei und rannte wie wahnsinnig hin und her, suchte nach einer Öffnung in der Wand und wurde doch Schritt um Schritt zurückgedrängt, bis er am Rand eines Abgrunds stand und keine Fluchtmöglichkeit mehr hatte. Wieder erstarrte er und schaute hilflos zu, wie die Wand immer näher rückte.

Es lauerte dort in den Schatten. Er konnte es spüren, und dieser Schrecken war zu groß, um ihn allein zu ertragen. Wenn doch nur jemand käme und die Wand für ihn öffnete. Sicher, sie würden sagen, dort sei nichts, nichts als die Schatten. Doch er wußte es besser. Er wußte, daß es dort war. Es existierte, auch wenn er es nicht sehen konnte. Er spürte, wenn es sich bewegte; und wenn er selbst sich bewegte, fühlte er, wie es als Reaktion darauf seine Richtung änderte. Es befand sich dort in den Schatten, und es wuchs, breitete sich aus und wucherte, bis es jede einzelne Spalte und Ritze erfüllte.

Seine Augen mochten ihn täuschen, doch sein Verstand sagte ihm, daß es dort war. Und jetzt erkannte er auch seine Methoden, begriff seine Absichten. Die Schattenfinger sollten nach ihm greifen und ihn festhalten, bis es herangekommen war und ihn packen konnte. Doch er konnte nicht weiter zurückweichen. Ihm blieb nichts als zu warten.

Die Finger krochen aus der Dunkelheit heran, tasteten sich blind vorwärts und näherten sich der Stelle, an der er sich zusammengekauert hatte. Er beobachtete sie, ohne auch nur atmen zu können, und spürte das Ding, das sich hinter den Fingern verbarg.

Er war zu müde, um weiterzulaufen, und der Abgrund hinter ihm war zu breit und zu tief, um ihn zu überspringen. Nicht einmal weinen konnte er. Die Wand rückte näher, und einer der Finger war nur noch wenige Zentimeter von seinen Beinen entfernt.

Ein Schauder überlief ihn.

Wenn er nur wüßte, was sich in dem Graben hinter ihm befand. Oder wenn er wenigstens wüßte, wie weit der gegenüberliegende Rand entfernt war; vielleicht könnte er ja doch hinüberspringen.

Doch er war zu müde, um sich umzudrehen und einen Blick darauf zu werfen.

Sein ganzes Leben lang war er vor dem Ding davongerannt, und jetzt war es da, nur noch wenige Zentimeter von seinem Bein entfernt. Immer war er gelaufen, nie fähig gewesen innezuhalten, um es anzusehen. Er kannte weder seinen Namen, noch seine Gestalt oder auch nur den Grund seiner Existenz, doch jetzt war es da und kam näher und näher. Und er hatte Angst. Er zitterte immer stärker, aber nicht einmal daran konnte er etwas ändern.

Plötzlich berührte der Schatten sein Bein, und er schrie auf: »Duncan! Hilf mir!«

Seine eigene Stimme weckte ihn auf.

Der Alptraum war verschwunden, hatte nichts zurückgelassen als die Erinnerung an die Furcht, die in seinen Eingeweiden wühlte.

Ein Schaudern überlief Trace. Er stand auf und kontrollierte sein Fahrzeug. Es hatte den Sturm unbeschädigt überstanden. Der Wind hatte sich inzwischen gelegt. Die Nacht war wieder ruhig.

Die Fähre maß viereinhalb Meter in der Länge: ein spindelförmiger Körper mit einem stumpfen Heck. Die Sitz- und Schlafgelegenheiten waren über den Triebwerken angebracht. Der Bug war mit Elektronik vollgestopft. Über den Sitzen waren runde Quarzfenster eingelassen. Zwei weitere, kleinere Bullaugen befanden sich rückwärts über den Vorratskammern hinter den Sitzen. Das hochvergütete Material bot jedem Sturm Trotz. Die Einstiegluke war oval – gerade breit genug für einen Mann. Doch man konnte ebensogut den ganzen Heckteil des Fahrzeuges hochklappen, um eine Tragbare oder einen Mann im Druckanzug hereinzuholen. Auf diese Weise war wohl auch der Roboter in seine eigene Fähre gelangt und hatte dann die Sitze herausgerissen, um die Kontrollen erreichen zu können ...

Trace trat ins Freie hinaus und horchte. Die Nachtluft legte sich angenehm kühl auf die Haut. Doch die Müdigkeit lag ihm wie Blei in den Gliedern. Er hatte höchstens vier Stunden geschlafen – viel zuwenig, um die ungewohnte Anstrengung und Nervenbelastung des vorhergegangenen Tages wettzumachen.

Hier gab es keinen Mond. Nur blasses Sternenlicht erhellte schwach die Dunkelheit.

Die Sternenbilder waren ihm fremd. Er fühlte sich ganz verlassen, als er zu dem fremden, unvertrauten Himmel emporstarrte. Die grenzenlose Weite bedrückte ihn.

Da draußen gab es Planeten, dachte er, wo in jeder Minute ein Raumschiff startet, wo ganze Flotten in Bewegung gesetzt und neue Raumhäfen errichtet werden, wo Kriege toben und Menschen auf Entdeckungsreisen gehen. So mancher mochte wohl auch dort zum Himmel aufblicken und sich einsam fühlen. Doch inzwischen rast dort irgendwo ein Raumschiff durch das All, um mich abzuholen. Lange werde ich nicht mehr allein sein.

Verdammt! Warum hatte Duncan nicht überlebt?

Warum hatte man nicht gleich zwei Schiffe hinter dem Metallmonster hergejagt?

Trace zog seine Weltraumkarte heraus und überlegte, wie weit das Rettungsschiff wohl noch entfernt sein mochte. In sieben oder acht, spätestens aber in zehn Tagen mußte es in das Schwerkraftfeld dieses Planeten eintreten und in eine Umlaufbahn einschwenken.

Er betrachtete die vertrauten Welten: Erde, Venus und Mars. Das war die ursprüngliche Basisgruppe, in harten Kämpfen geeint. Zuerst waren kleine Kolonien auf dem Mars entstanden. Zehn Jahre später wurde die Venus mit großem Aufwand bewohnbar gemacht. Es folgte eine Pause von fast hundert Jahren. Während dieser Zeit waren die Kolonien mächtig gewachsen, hatten sich selbständig gemacht und Krieg mit dem Mutterplaneten Erde geführt. Schließlich bildeten diese drei Planeten eine Föderation und ernannten eine gemeinsame Regierung. Erst dann waren die nähergelegenen Sonnensysteme erobert worden, eines nach dem anderen. Es hatte Verluste auf beiden Seiten gegeben, über die sich heute kein Mensch mehr den Kopf zerbrach. Bis jetzt hatte man sieben Planeten der 1. Kategorie entdeckt, sieben Planeten mit hochentwickelten Zivilisationen, mit menschlichen Wesen ›herkömmlicher Art‹. Und diese sieben hatten den Armeen der Weltföderation hartnäckigen Widerstand geleistet.

Schließlich aber waren sie doch nacheinander besiegt

worden. Sie hatten sich der Föderation unterworfen und waren jetzt gleichberechtigte Partner.

Wie viele Planeten der zweiten Kategorie man inzwischen entdeckt hatte, wußte Trace nicht mehr anzugeben, obwohl das zu den ersten Dingen gehörte, die man ihm beigebracht hatte. Die Zahl wuchs von Woche zu Woche. Die Föderation glich einem wuchernden Organismus, der sich in alle Richtungen ausdehnte und sich immer neue Planeten einverleibte. Wie eine gigantische Amöbe streckte die Föderation ihre ›Scheinfüße‹ aus, um alles zu verschlingen, was in ihrer Reichweite lag.

Auch dieser Planet würde der Föderation einverleibt werden. Man würde ihm eine Prämie auszahlen, ein Forschungsteam hierherschicken, vermessen, untersuchen, analysieren, auswerten. Die ermittelten Daten würden an die zuständige Behörde weitergeleitet. Nach einer angemessenen Frist landeten dann die Siedler, ausgewählte Spezialisten, die den Planeten für die Regierung ausbeuteten. Bergwerke entstanden, Wasser wurde aus den Grundstoffen des Planeten selbst hergestellt, und die Luft wurde aufbereitet, bis sie den Erfordernissen des Menschen entsprach.

Bei der Besiedlung eines bewohnten Planeten ging man immer nach dem gleichen Schema vor. Manchmal widersetzten sich die Eingeborenen dieser systematischen Ausbeutung, doch dauerte dieser Widerstand nie sehr lange. Manchmal waren sie sogar froh, mit den Eroberern aus dem All Handel treiben zu können. Das spielte keine Rolle. Alle Planeten der zweiten Kategorie wurden ›zweitklassig‹ behandelt. Sie wurden zu Kolonien degradiert. Als Trace die winzigen, auf der Karte verzeichneten Welten betrachtete, begannen sie sich plötzlich vor seinen Augen zu drehen und zu verschwimmen. Er schob die Karte in die Halterung zurück. Müde und abgespannt kroch er wieder auf den Liegesitz. Sicher ginge es ihm nicht so schlecht, wenn dieser Planet eine bessere Atmosphäre besäße, dachte er. Es war fast so, als würde er versuchen, auf der Spitze eines Berges zu leben, obwohl er an die dichte, sauerstoffreiche Luft in den Tälern gewöhnt war.

Jetzt hörte Trace wieder ein leises Geräusch. Sand rieselte. Das hörte sich an wie flüsternde Stimmen, die so schwach waren, daß man leise Worte unterscheiden konnte. Er lauschte angestrengt. Ja, das war nur der Sand, der sich nach dem Sturm wieder absetzte.

Der heulende Sturm türmte den Sand neben den Felsen und an der Fähre hoch auf. Wenn der Wind nachließ, blieben die Sandkörner eine Weile still liegen, bewegten sich dann aber dem Zug der Schwerkraft gehorchend wieder abwärts. Ein Teil des Sandes rann über die Hülle des kleinen Rettungsbootes und verursachte direkt über seiner linken Schulter ein etwas lauteres Geräusch, das schnell wieder verklang. Leises Rieseln und Murmeln, ein traumhaftes Flüstern:

Wir haben das ›Ding‹ schon einmal gesehen, Trace. Erinnerst du dich? Das war nach der Raumschlacht im Sektor Dreizehn in der Nähe von Ramses ...

Ja. Ich erinnere mich. Wir bekamen damals drei Tage Sonderurlaub auf Ramses.

Stimmt. Unsere Helme waren leicht beschädigt. Deshalb fuhren wir in die Fabrik der Bergwerksgesellschaft. Dort verhandelten wir mit dem komischen Doktor, der sich an den mechanischen ›Kumpeln‹ vergriff. Experimentierte mit den Arbeitsrobotern. Du sagtest damals, du wolltest diesen Vorfall melden. Hast du das getan, Trace? Ich habe die Sache nicht weiterverfolgt.

Ich habe es gemeldet, Duncan ...

Jetzt konnte er sich wieder lebhaft daran erinnern, wie

er das ›Ding‹ zum erstenmal im Laboratorium von Dr. Vianti entdeckte. Drei Meter groß, auf Raupenketten montiert. Der ›Kopf‹ erinnerte an eine schwenkbare Panzerkuppel. Die anderen Roboter des gleichen Typs konnte man nur unter Tage als mechanische ›Kumpel‹ verwenden. Doch der ›Bursche‹, mit dem der Doktor im Labor arbeitete, konnte fast alles.

Es ist fast so, als wärst du der stolze Vater, Trace. Dieser verrückte Professor hätte doch niemandem davon erzählt. Er würde immer noch daran herumbasteln und mit ihm reden wie zu einem Baby oder einem Haustier. Doch im Grunde bist du sein Vater, Trace. Na, wie gefällt dir das?

Ja, damals auf Ramses fing das Verhängnis an . . .

3

»Willkommen auf Ramses, dem Planeten der zierlichen Menschen, der großen Drinks und reichen Minen! Die Frauen sind klein, aber oho!« zitierte Lo Ti aus einem Reiseführer, den er sich auf dem Raumlandeplatz besorgt hatte. »War jemand von euch schon auf Ramses?« Lo Ti war ein Leutnant koreanischer Abstammung.

Trace, Duncan und die anderen schüttelten den Kopf. Trace streckte sich im Liegesessel aus. Sie saßen in einem Schienenfahrzeug, das die Mannschaft vom Landeplatz zur nächsten Stadt beförderte. Ein angenehmes Gefühl, nach einem halben Jahr im All und nach vier Monaten Kampfeinsatz wieder festen Boden unter den Füßen zu spüren.

»Meine Herren, darf ich zu Ihrer Erbauung und Aufklärung beitragen?« fragte Lo Ti grinsend und übersah dabei geflissentlich den leidenden Gesichtsausdruck seiner Kameraden. Jemand stöhnte: »Stopft ihm das Maul!« Ein anderer: »Werft ihn raus!« Lo Ti ließ sich nicht beirren.

»Ramses wurde im Jahre 2158 von der Regierung der Weltföderation zum Protektorat erklärt. Bevölkerung: eine Milliarde und siebzehn Millionen. Hauptexporte: Platin, Magnesium, Peridot und verwandte Minerale. Humanoide, Unterklasse C. Die Männer wurden im Durchschnitt einsfünfzig groß, die Frauen einsfünfunddreißig. Stand der Technik vergleichbar mit jener der Erde im Jahre 1975. Ohne Raumfahrt ...«

Das Gefährt fuhr auf Schienen, die zwei Meter über dem Boden montiert waren, manchmal auch höher, um Straßen oder Gebäude zu überqueren. Die Häuser waren vorwiegend aus durchscheinenden, grünen Steinen erbaut und mit dunklen, glänzenden Verzierungen und jadegrünen geometrischen Ornamenten geschmückt. Die Dächer schimmerten weiß und glatt. Straßen, Gehsteige und Gebäude zeigten die Grundfarbe Grün in allen Schattierungen, die vom hellen Graugrün über Smaragd bis zu Schwarzgrün reichten. Dazu das kontrastierende blendende Weiß und leuchtende Komplementärfarben dort, wo man sie gar nicht erwartet hätte. Entlang der Gehsteige standen orangefarbige und rote Schirme über kanariengelben Tischen, Sonnensegel mit rotem Muster auf weißem Grund, unzählige Reihen tief purpurroter Blumen in weißen Kübeln. Die Bäume trugen graue und weiße Blätter.

Überall Menschen. Sie wirkten wie als Erwachsene verkleidete Kinder. Die Frauen zierlich, anmutig, mit langem, wallendem Haar, kleinen Händen und Füßen. Sie trugen Tuniken in Pastellfarben, die an den Schultern mit Jade- oder Peridotfibeln zusammengehalten wurden. Das

Haar war mit glänzend grünen Ornamenten geschmückt. Baumelnde Ohrringe schwangen bei jedem Schritt. Die Männer trugen ähnliche, aber längere Tuniken in Weiß, Schwarz oder Grau. An breiten Metallgürteln hingen Hüfttaschen. Köpfe und Gesichter waren glattrasiert.

»Hübsch, nicht?« sagte Duncan zu Trace.

Duncan war genauso groß wie Trace, nur drei Jahre jünger, gerade dreiundzwanzig geworden. Beide bekleideten Leutnantsrang. Duncans schwarze Augen glänzten vor freudiger Erregung über den Urlaub nach den viermonatigen, verlustreichen Kämpfen mit der Flotte vom Planeten Mellic. »Hast du schon feste Pläne für die drei Tage?« fragte er.

Sie waren jetzt im Geschäftsviertel. Die Läden standen offen, ließen die Sonne und die milde Luft ungehindert eindringen. Man konnte die Waren in aller Ruhe betrachten und betasten.

»Nein«, sagte Trace. »Und du?«

»Zuerst Einkäufe für meine Schwestern. Ich habe ihnen Souvenirs von jedem Planeten versprechen müssen, auf dem ich lande. Dumme Gänse. Die glauben wohl, ich habe nichts anderes zu tun, als Kitsch und Nippes zu sammeln.« Trotz seiner Entrüstung mußte er lächeln.

Trace schmunzelte. »Also gut. Machen wir einen Einkaufsbummel. Wie wäre es, wenn wir anschließend die Bergwerke besichtigen?«

»Einverstanden.«

Sie bummelten durch die Straßen und amüsierten sich über die melodischen Töne, welche die Eingeborenen ausstießen, wenn die beiden Fremden ihnen zu erklären versuchten, was sie kaufen wollten. In einem Café nahmen sie einen Imbiß ein. Undefinierbare Speisen wurden ihnen vorgesetzt, dazu ein hellgrüner milchiger Likör, der angenehm berauschte und ihnen den Kopf benebelte.

In einer Gasse gabelten sie sich zwei Mädchen auf, beide unter einsvierzig. Die zwei wirkten wie Puppen. Die eine, die sich bei Trace einhängte, stellte sich als Fez vor. Sie sprach gebrochen Englisch.

Ihre Augen glichen großen, grünen Seen mit goldbraunen Pünktchen. Zu vorgerückter Stunde führten die Mädchen die beiden in ein Hotel, bei dessen Einrichtung Seide in Weiß und Gold und Balsaholz vorherrschten. Sie badeten und schwammen in einem eigenen Bassin, in dessen Mitte ein Brunnen aus durchsichtigem Olivenstein parfümiertes Wasser versprühte.

Fez war sehr schön.

Ihr Körper war mit weichem Flaum bedeckt. Das Schamhaar war golden. Vor dem Verlöschen der Lichter gab es wieder milchigen grünen Likör und Musik. Als Trace am nächsten Morgen erwachte, war seine Zunge dick und trocken. Sein Kopf schmerzte. Sein Geld war weg – bei Duncan ebenso.

Sie fluchten, dann resignierten sie. Sie hatten schließlich so etwas erwartet. Nachdem sie sich im Lohnbüro der Militärregierung neues Geld besorgt hatten, konnten sie ihre Tour fortsetzen. Wieder Einkäufe, fremde Speisen, neue Mädchen, Alkohol. Am nächsten Morgen die gleiche dicke Zunge und die gleichen Flüche über diese notorischen Gaunereien.

An jenem Tag kam es zu einem Kampf im Speisesaal des Hotels, in dem sie ihre letzte Nacht verbringen wollten.

Die ganze Sache fing damit an, daß einer ihrer Flottenkameraden, ein Sergeant namens Jensen, ein Mädchen entdeckte, das ihn um zweihundert Credits erleichtert hatte. Er sprang auf und rannte quer durch den Raum auf sie zu, wobei er unterwegs drei Tische umriß. Als er das Mädchen am Arm packte und herumwirbelte, zuckte ihre frei Hand zu seinem Gesicht hoch und hinterließ auf seiner Wange eine klaffende, stark blutende Wunde.

Das Mädchen nutzte die Gelegenheit, um sich loszureißen und aus dem Gebäude zu flüchten, lief dabei aber drei weiteren Flottenangehörigen in die Arme, die gerade das Hotel betreten wollten. Einer von ihnen packte sie, drehte ihr die Arme auf den Rücken und schleppte sie in den Speisesaal zurück.

Trace und Duncan hielten sich gerade auf der gegenüberliegenden Seite des Raums auf, als der Krawall losging, und sie setzten sich genau in dem Moment in Bewegung, als auch alle anderen Anwesenden aufsprangen.

»Sie hat ein Messer«, erklärte Jensen, der ein Tuch gegen seine blutende Wange drückte. »Seid bloß vorsichtig, sie kann verdammt gut damit umgehen.«

»Meine Herren! Ich bitte Sie, meine Herren! Kommen Sie bitte ins Büro!« Die Stimme gehörte dem Manager, oder vielleicht handelte es sich auch um den Besitzer des Hotels. Er war allenfalls einsfünfzig groß. Jensen schob ihn einfach beiseite und griff nach dem Mädchen.

Sie wand sich wütend in der Umklammerung des anderen Flottenangehörigen, der nur grinste und ihr den Arm schmerzhaft verdrehte.

Ihr Gesicht wurde bleich.

Im Restaurant herrschte plötzlich Totenstille. Niemand rührte sich.

Jensen schlug zu, und der scharfe Laut, mit dem seine Hand ihr Gesicht traf, wirkte wie ein Startschuß. Irgend jemand schleuderte eine Flasche, die Jensen am Kopf erwischte und milchiggrünen Alkohol über die weiße Jacke seiner Ausgehuniform verspritzte.

Jensen schwankte, doch statt sich nach dem Werfer umzusehen, schlug er das Mädchen noch einmal. Das Mädchen schrie auf. Keiner der Flottenangehörigen war bewaffnet, doch viele der Einheimischen zückten plötzlich Messer. Weitere Flaschen flogen durch die Luft.

Trace und Duncan hatten sich am Rand der Menge aufgehalten, doch als der Lärm, die Schreie und das Geräusch zu Boden stürzender Körper deutlich machten, daß sich hier eine ernsthafte Auseinandersetzung anbahnte, packte Trace Duncans Arm und zog ihn zurück. Auf dem Weg zu ihrem Tisch mußten sie zwei der kleinen Männer abwehren, die mit Stühlen auf sie losgingen. Trace stellte einem der beiden ein Bein, während Duncan dem anderen den Stuhl entriß und ihn damit niederschlug.

Trace schnappte sich einen zweiten Stuhl und zerschmetterte damit das Fenster hinter ihrem Tisch. Die beiden Männer sprangen durch die Öffnung und rannten einen Block weit, bevor sie schließlich völlig außer Atem anhielten.

»Besorgen wir uns lieber eine Fahrkarte zu den Gruben«, meinte Trace, »bevor wegen dieser Geschichte eine allgemeine Urlaubssperre verhängt wird.«

Duncan nickte, froh über den Vorschlag. Arm in Arm schlenderten sie die Straßen entlang. Die Einheimischen wichen ihnen respektvoll aus. Das Bergwerksgebiet lag fast 2000 Kilometer von der Stadt entfernt. Laut Fahrplan bestand noch am gleichen Abend eine Beförderungsmöglichkeit. Vier Züge gingen am nächsten Tag. Sie entschieden sich für die Nachtfahrt.

Der Waggon fuhr wunderbar ruhig. Nur der Fahrtwind war zu hören. Sie schliefen durch und erwachten erst, als der Schwebezug seine Fahrt verlangsamte, weil sie sich einer Stadt näherten. Sie befanden sich jetzt im Bergland. Die Morgensonne brach sich in den grünen Zacken blanker Felsen, die in eine Höhe von über viertausend Metern aufragten. Die Landschaft sah aus, als wäre sie vom Krieg verwüstet worden. Aufgewühlt, zerfurcht, kahl, bar jeder Humuserde, aller Grünflächen und Bäume. Weit und breit nur Fels – wertvoller Fels.

Die Stadt machte einen menschenleeren Eindruck. Große, schöne Gebäude aus dem obligaten grünen Stein standen verlassen und vernachlässigt da. Die Läden waren geschlossen. Bei einigen hatte man die Fensterscheiben, die aus papierdünnem Stein bestanden, aus den Rahmen entfernt, so daß der Wind durch die kahlen Räume pfiff. Dann tauchte ein zweiter Schienenstrang auf und schließlich immer mehr, bis die Gleise wie gigantische Metallstrahlen auf das Zentrum eines Riesengespinstes zuliefen. Sie sahen jetzt andere Fahrzeuge – keine glatten, schimmernden grünen wie das ihrige, sondern Arbeitsvehikel, grau, plump und häßlich, beladen mit Erzen in allen Verarbeitungsgraden. Einige Wagen waren plombiert und bewacht. Die bewaffneten Posten trugen die schmutzigbraunen Uniformen der Sicherheitstruppe der Weltföderation. Sie blickten Trace und Duncan mit ausdruckslosem Gesicht nach, als die beiden über den Verladeplatz gingen. Sie orientierten sich an den Hinweistafeln, die in Föderationsenglisch abgefaßt waren, und fanden auf diese Weise den Bahnsteig für den Wagen, der sie zur ›Mocklem Mine‹ bringen sollte.

Es blieb ihnen noch Zeit zum Frühstück. Man verwies sie an das einzige noch geöffnete Restaurant in der Stadt. Dort bekamen sie ein Essen, das man den Arbeitern der Regierung auf allen Planeten der Föderation vorsetzte: dünnen Kaffee ohne Geschmack, synthetisches Bier, papierartiges Brot.

Das Restaurant befand sich in einem noch von den Einheimischen erbauten Gebäude, trug jetzt jedoch den deutlichen Stempel der Föderationsregierung. Die Einrichtung bestand aus den üblichen, wenig geschmackvollen und zudem für die Bewohner viel zu großen Möbeln, und die Wände waren mit schmutziggrauer Standardfarbe gestrichen, die bereits abblätterte und dem ganzen Raum ein trübsinniges Aussehen verlieh.

Sie beeilten sich mit dem Frühstück und zogen es vor, draußen in der kühlen Bergluft auf die Abfahrt zu warten.

»Wenn jetzt gleich ein Zug in die Stadt zurück ging, würde ich sofort einsteigen«, sagte Duncan seufzend.

Trace ging es nicht anders. Er hatte im Reiseführer für die Truppe gelesen, daß dieser Planet von vielen Gebirgen durchzogen war und es kaum Flachland gab, das sich als Ackerland eignete. Die Städte müssen ja geistige Oasen sein, dachte er, wo die Menschen so tun, als hätten sie das Land ringsum nicht vernichtet. Dieser Planet hatte es verdient, daß man ihn erobert und besetzt hatte. Und wenn man genauer hinschaute, galt das für die meisten dieser Welten. Er war froh, als sie endlich das kleine Schwebefahrzeug besteigen konnten, das sie zur Grube bringen sollte.

Dort erwartete sie ein Wachtposten, der sie verdrossen musterte, einen Blick auf die Pässe warf und einen zweiten Posten herbeirief, der sie zu Dr. Vianti begleiten sollte.

Der zweite Beamte wirkte noch mürrischer. »Inspektion?« erkundigte er sich. Trace verzog keine Miene.

Auch Duncan sagte nichts. Schweigend folgten sie dem Posten über ein großes umzäuntes Gelände zu einem niedrigen graugrünen Haus. Dort verwies sie der Beamte an ein eingeborenes Mädchen. Das Mädchen blickte sie erschrocken an.

Das gelbe Haar fiel ihm bis über die Taille herab. Wie ein aufgescheuchter Vogel eilte es in ein angrenzendes Büro.

»Doktor«, rief sie leise, »Inspektion!«

Trace und Duncan wechselten einen Blick.

Keiner lächelte oder berichtigte den Irrtum. Sie mußten einen Augenblick warten. Mit entschuldigendem Gemurmel bat das Mädchen sie um Geduld und schlüpfte durch eine Tür im Hintergrund.

»Dr. Vianti kommt sofort«, sagte es noch in tadellosem Englisch, ehe es verschwand.

Der Raum, in dem sie warten mußten, war mit Büromöbeln spartanisch ausgestattet. Was ihre Aufmerksamkeit besonders auf sich zog, war ein wandgroßes Fenster aus durchsichtigem Stein. Von diesem Zimmer aus konnten sie die größte Mine der Galaxis überblicken.

Ein ganzes Gebirge wurde hier abgetragen, Schicht für Schicht, Stein für Stein. Roboter schlugen Terrassen aus dem Berg, die wie Riesentruppen wirkten. Die Sonne spiegelte sich in den metallenen Körpern der ›Arbeiter‹, die das Mineral abbauten, die Loren beluden und sie fortschoben.

Alle arbeiteten im gleichen Rhythmus, alle Handgriffe waren aufeinander abgestimmt. In den wenigen Minuten, in denen sie Gelegenheit hatten, den Robotern bei der Arbeit zuzusehen, wurde eine ganze Terrasse millimetergenau aus dem Berg gehauen.

Ein Geräusch hinter ihnen schreckte sie aus ihrer Beobachtung. Ein kleines Männchen stand an der Tür zum Nebenraum. Es sah sie an, drehte den Schlüssel im Schloß um und steckte ihn ein. Erst dann kam der Zwerg näher.

»Ich bin Dr. Vianti«, sagte er leise. Er war einen guten halben Meter kleiner als Trace und wog höchstens sechzig Pfund. Die stechenden Augen waren leuchtend grün, die Haut ungesund weiß. Man hatte den Eindruck, als sei ihm das Fleisch von den Knochen weggeschmolzen.

Doch aus den grünen Augen blitzten Leben und Intelligenz.

»Leutnant Ellender Trace«, stellte Trace sich vor, »und das ist Leutnant Ford Duncan.«

Der Zwerg machte eine leichte Verbeugung. »Also schon wieder eine Inspektion, wie meine Sekretärin mir sagte.« – »Wenn ich bitten darf? Hier entlang, meine Herren!« Der Gelehrte ging voran aus dem Zimmer. Er würdigte sie keines Blickes mehr. Seine Stimme war so leidenschaftslos wie die Stimme eines Fremdenführers.

»Das hier ist ›Mocklem Mine‹, das reichste Platinmineralvorkommen der Galaxis. Daneben fördern wir noch Peridot, Magnesium, Eisen und Olivinpyroxenit. Folgen Sie mir!«

Er führte sie hinaus zu einer Seilbahn. Die Kabine schwankte, als er die Tür für sie aufhielt. Das Seil spannte sich über eine Schlucht, die unendlich tief zu sein schien, weil Nebelschwaden die unteren Schichten verbargen.

Als er ihr Zögern bemerkte, sagte Dr. Vianti: »Der Schwebelift bringt uns direkt zur Mine, die sich, wie Sie ja sehen können, auf der gegenüberliegenden Talseite befindet. Die Talsohle liegt fast dreitausend Meter unter uns. Eine künstliche Talsohle sozusagen. Menschenwerk oder Maschinenwerk, wenn man es genau nimmt. Die Grube lag ursprünglich auf gleicher Ebene mit den Verwaltungsgebäuden, die wir eben verlassen haben. Der Gipfel vor uns liegt noch fünftausend Meter über dem Niveau der Seilbahnstation. Der Berg wird in seiner ganzen Länge gleichzeitig abgetragen.« Sie zögerten immer noch. Zum erstenmal seit der Begrüßung blickte Dr. Vianti Trace voll ins Gesicht. »Sie möchten doch die Anlagen persönlich inspizieren, nicht wahr?«

In dem Gesicht des Doktors konnte man nicht die leiseste Spur von Humor entdecken. Er sah einfach uralt und abgespannt aus. Er muß krank sein, dachte Trace bei sich. Mit einem Achselzucken bestieg er die Kabine, die unter seinem Gewicht unsicher schwankte. Duncan folgte.

Dann stieg Vianti ein und schloß die Tür.

Er fuhr fort, als hätte er gar nicht zu sprechen aufgehört: »Die ›Mocklem Mine‹ ist seit siebenundzwanzig Jahren in Betrieb und hat in dieser Zeit sechsundneunzig Milliarden Tonnen Erz geliefert. Das Mineral enthält hochprozentiges Platin, im Verhältnis eins zu drei mit Serpentin und Olivin vermischt. Hier findet man Peridotkristalle von zwanzig Zentimeter Länge.«

Duncan rutschte unbehaglich auf seinem Sitz hin und her. Trace sagte: »Die Vorlesung können Sie sich schenken, Doktor! Was für Maschinen sind denn da an der Arbeit?«

Dr. Vianti warf ihm einen raschen Blick zu. Er schien überrascht und verwundert zugleich. »Das sind doch die Roboter, die Ihre Regierung eigens für den Bergbau bestellt hatte«, sagte er.

»Unsere Regierung?« Trace beobachtete lauernd das totenkopfartige Gesicht, auf dem sich keine weitere Gefühlsregung mehr zeigte. – »Natürlich. Ich hatte eben das Modell in Arbeit, als Ihre Streitkräfte Ramses – hm – befreiten. Die Serienproduktion der Roboter wurde dann sofort aufgenommen, um den Erzabbau zu beschleunigen. Damals verfügten wir nur über fünfzigtausend Bergleute.«

Auf einem breiten, ebenmäßig ausgehauenen Felssims verließen sie die schwankende Gondel. Hier konnte Trace die Roboter ganz aus der Nähe betrachten.

Sie hatten einen zylinderförmigen Rumpf, bewegten sich auf Rädern und waren mit Laserstrahlen und Greifarmen ausgerüstet.

»Erzählen Sie uns doch noch mehr darüber«, sagte er,

ohne die Roboter, die im monotonen Rhythmus arbeiteten, aus den Augen zu lassen.

»Diese Roboter sind ganz einfache Maschinen. Sie wurden darauf programmiert, Blöcke herauszuschneiden, sie zu heben, auf Loren zu verladen und dann wieder neue Blöcke zu schneiden. Die Laserstrahlen haben eine Reichweite von vier Fuß. Das entspricht der vorgeschriebenen Kantenlänge der Blöcke.«

»Und Sie haben diese Dinger selbst entworfen?« fragte Trace.

Dr. Vianti nickte bestätigend. »Ich arbeitete an der Verbesserung des Modells, als Ihre – äh – Truppen hier landeten.«

Einer der Roboter hob eben einen vier Fuß im Quadrat messenden Block vom Fels ab. Schimmerndes grünes Olivin, das von grauweißen Platinstreifen durchzogen war. Der Roboter machte eine Wendung, legte den Block auf eine wartende Lore und wandte sich ohne Unterbrechung wieder dem Berg zu. Der Laserstrahl flammte sofort auf, als der Roboter die günstigste Position eingenommen hatte.

»Und die Roboter haben das alles allein geschafft? Sie haben den ganzen Berg ohne menschliche Aufsicht abgetragen?«

»Die Aufsicht bin ich. Und natürlich die Sicherheitsbeamten und meine Sekretärin . . .«

»Ja«, murmelte Trace und blickte sich wieder um. Tausende dieser Roboter waren hier an der Arbeit. Alle schufteten im gleichen Takt. Während sie zusahen, stolperte einer der Roboter über einen Felsbrocken, der ihm im Weg lag. Die plötzliche Drehung brachte die Maschine vollkommen aus dem Gleichgewicht. Eine Sekunde lang hing sie in der Luft, so daß die Räder keinen Halt fanden. Dann kippte das Ding um, rollte um seine Achse und fiel in die Schlucht hinunter. Das alles ging beiläufig und geräuschlos vor sich, ohne daß die anderen Roboter darauf achteten oder ihre Arbeit unterbrachen. Doch sofort tauchte am unteren Ende der Felssimses ein neuer Roboter auf und rollte an die leergewordene Stelle, um die Arbeit seines ›verunglückten Kollegen‹ zu übernehmen.

»Ich muß leider in die Zentrale zurück«, sagte Dr. Vianti. »Wenn es zu so einem Ausfall kommt, kann die ganze Reihe aus dem Takt geraten. Es muß alles genauestens koordiniert werden.«

Schweigend fuhren die drei zu dem niedrigen, graugrünen Gebäudekomplex zurück. Der Gelehrte schaltete einen Bildschirm ein, der die Maschinenroboter, die den Berg bearbeiteten, als Reihen von Pünktchen abbildete. In einer der Reihen war ein Punkt aus dem Takt gekommen. Vianti drückte auf ein paar Knöpfe und nahm Korrekturen vor, bis die Punktreihe sich wieder schnurgerade im gleichen Rhythmus bewegte.

Er blieb auf seinem Schemel vor dem Computer sitzen. »Haben Sie sonst noch Wünsche, meine Herren?«

Trace sah ihn lange und ruhig an. »Um ehrlich zu sein – da wäre noch etwas. Wir müssen einen Blick in den Nebenraum werfen!«

Dr. Vianti senkte den Blick auf die Hände, die auf dem Schaltbrett lagen. Ein Nerv in seiner rechten Hand zuckte nervös. Dann stand er auf und führte die beiden zur Tür. »Eine harmlose Nebenbeschäftigung! Ich kann Ihnen versichern, daß ich, seitdem man mich zum Direktor der ›Mocklem Mines‹ berufen hat, mich fast ausschließlich mit der technischen Entwicklung von Bergwerksanlagen beschäftigt habe. Die steigenden Produktionsziffern sind der Beweis für meine Behauptung. Ich bin kein Jüngling mehr, und die langen Nächte werden allmählich zur Qual. Da das über mich verhängte Urteil nicht widerrufen wurde und ich mit der Welt außerhalb der Schachtanlagen keinerlei Kontakt habe, habe ich mir eine kleine Zerstreuung zugelegt ...«

Er stieß die Tür auf und ließ die beiden in den Nebenraum eintraten. Er war zu einem Laboratorium ausgebaut worden. Metalltische, elektronische Anlagen, Chemikalien, ein zweiter Computer. An der linken Wand stand ein Roboter. Trace fühlte ein Prickeln auf der Haut, als er den Roboter sah. Dieser drehte ihnen den Kuppelkopf zu, der auf einem zylindrischen Körper saß. Die Kuppel wies Schlitze auf, in denen durchsichtiges grünes Pyroxenit glänzte, das zu einer glasklaren Linse geschliffen worden war. Trace spürte förmlich, wie der Roboter ihn mit seinen Blicken durchbohrte.

Er kam auf sie zu. Dabei bewegte er sich auf Raupen und nicht auf Rädern wie die anderen Bergwerkroboter.

Der ›Leib‹ war offen. Ein Gewirr von Drähten, Laserröhren, Litzen, Schwingungskreisen, Dinger, die wie Relais aussahen, Monolithkristalle, Transistoren ... Trace konnte bei weitem nicht alle Bestandteile erkennen, auf die er nur einen kurzen Blick zu werfen vermochte, ehe das ›Ding‹ wieder stehenblieb, sich umdrehte und seinen früheren Standplatz an der Mauer einnahm. Auf ein Wort von Dr. Vianti drehte es sich mit dem Gesicht zur Wand.

»Versteht es denn verbale Kommandos?« fragte Duncan verblüfft, dem der Roboter einen tüchtigen Schrecken eingejagt hatte.

»Ein paar«, sagte Vianti. »Nicht sehr viele. Er ist noch sehr primitiv ...«

Trace spürte, daß der Wissenschaftler sie wieder loswerden wollte. Er stand unter der offenen Tür und trat unruhig von einem Fuß auf den anderen.

»Was haben Sie an Zusatzgeräten eingebaut?« fragte Trace.

»Nichts! Gar nichts! Die Werkzeuge zur Fortbewegung wurden geändert. Ein Versuch, um einer Panne, wie wir sie heute erlebten, vorzubeugen.«

»Es hat zwei zusätzliche Greifer«, murmelte Trace, der das ›Ding‹ aus sicherer Entfernung beobachtete. Der Roboter war mindestens drei Meter groß, die Fußteile nicht eingerechnet. Die Schädelkuppe allein maß einen halben Meter.

»Ja, eine zweite Garnitur. Die Greifer werden nämlich bei der Bergwerksarbeit überbeansprucht. Wenn man sie mit Hydrochloridsäure behandeln könnte, wären sie perfekt. Platin löst sich auf, aber Serpentin ... Platingreifer, ja, das wäre die Lösung.« Das klang alles sehr nervös und gequält. Als Trace den Wissenschaftler ansah, merkte er, daß dieser schwankte. Er schien einer Ohnmacht nahe.

»Man hat Ihnen verboten, mit den Maschinen zu experimentieren – so ist es doch, nicht wahr?« fragte Trace gespannt.

Dr. Vianti nickte nervös.

»Ich verstehe.« Wieder starrte er das Ungetüm an. »Ich glaube nicht, daß man Sie bestrafen wird, weil Sie Ihr Modell verbessern wollten.« Trace wirbelte herum und setzte in barschem Ton hinzu: »Melden muß ich es allerdings. Das wissen Sie ja. Es ist meine Pflicht.«

»Ich weiß«, sagte Dr. Vianti leise. »Wann?«

»Das wird eine Zeit dauern. Morgen bin ich wieder mit dem Raumschiff unterwegs. Es könnten Monate vergehen, bis der Bericht weitergeleitet und Maßnahmen ergriffen werden ...«

»Danke, Leutnant«, sagte Dr. Vianti leise.

4

»Sie sind jetzt weg, Großvater«, wisperte das junge Mädchen. Dr. Vianti verharrte schweigend vor dem Roboter.

»Man wird andere schicken«, murmelte er. »Sie fürchten den Roboter.«

»Nicht ihn, sondern den Verstand, der ihn entwickelt hat. Die Erdenmenschen fürchten Überlegenheit jeder Art, und in dir müssen sie Überlegenheit anerkennen. Warum sonst, glaubst du, wirst du hier gefangengehalten?«

Er lächelte mit blassen Lippen. »Gut, mir bleiben also noch einige Monate Zeit, an meinem Spielzeug zu basteln. Bis jetzt ist es bloß ein Spielzeug, aber später einmal ... Für unser Volk könnte dieses ›Ding‹ sehr wichtig werden.« Er seufzte und streichelte zärtlich die metallene Haut des Roboters.

Der Roboter überragte den kleinen Mann um das Doppelte. In seinem Rumpf konnte er acht Leute vom Kaliber Dr. Viantis unterbringen. Trotz seiner riesigen Dimensionen war die Empfindlichkeit seiner Tastorgane so verbessert worden, daß er imstande war, Temperaturunterschiede von einem hundertstel Grad zu registrieren oder winzige, haarfeine Peridotkristalle anzufassen, ohne sie zu zerstören.

»Wir müssen einen Bericht vorbereiten«, sagte er. »Vielleicht wird eines Tages ...«

Das Mädchen preßte die Lippen zusammen, senkte aber den Kopf, als er sie mit seinen leuchtend grünen Augen ansah. Beide wußten, daß sein Bericht nie veröffentlicht werden würde. »Wirst du das Diktiergerät benutzen, Großvater?«

»Ich glaube nicht, mein Kind. Vielleicht könntest du

einiges notieren ...« Das Diktiergerät war nämlich direkt mit dem Regierungsgebäude der Weltföderation verbunden ...

Sie nickte und ging. Gleich darauf kam sie mit einem Schreibblock wieder zurück.

»Wir müssen jetzt sorgfältig und streng methodisch vorgehen.« Während des Sprechens hatte er im Inneren des Roboters eine winzige Korrektur vorgenommen. »Ich werde an diesem Modell nachts, wenn ich nicht schlafen kann, weiterarbeiten. Vormittags verfassen wir zusammen den Bericht, den du dann nachmittags kopieren kannst.«

»Und was soll mit dem Bericht geschehen?« fragte sie verbittert. »Man wird ihn konfiszieren und verbrennen, genau wie all unsere wissenschaftlichen Bücher. Sie haben doch alles zerstört! Von allem, was sie anrühren, bleiben nur Ruinen zurück! Wir hätten diese Soldaten töten sollen!«

Er wußte, man würde die Entwicklung des Roboters nicht gestatten. Man wollte nicht, daß eroberte Völker neben dem Kampf ums tägliche Brot eine höhere Entwicklungsstufe anstrebten. Schon vor längerer Zeit hatte man entschieden, daß unterworfene Völker arbeiten sollten, und zwar so schwer, daß ihnen keine Muße blieb, über ihr Schicksal nachzugrübeln oder Pläne für die Änderung ihres Zustandes zu schmieden. Die Elite wurde auf Schulen der Weltföderation geschickt, wo der Unterricht entsprechend ausgerichtet war. Die eigenen Universitäten hingegen wurden geschlossen und das Lehrpersonal zu stumpfsinnigen, geisttötenden Arbeiten abkommandiert. Dr. Vianti wußte das alles recht gut, und er hatte die Befehle, keine weiteren Änderungen an dem Roboter vorzunehmen, einfach mißachtet. Seine Strafe würde auf dem Fuße folgen und sehr drastisch ausfallen.

»Ich möchte rasch rekapitulieren«, sagte er. »Die Einzelheiten können wir später nachtragen. Als erstes habe ich die Möglichkeit erforscht, eine Zwecksetzung zweiter Priorität, also einen Sekundärauftrag, in das Rückkoppelungssystem einzuführen. Damit wird im Rückkoppelungssystem ein Zustand geschaffen, der dem gesamten Netz die größte Wahrscheinlichkeit gibt, die Erreichung des Hauptzweckes unablässig zu verfolgen. Der erste Hauptzweck, die erste Priorität des Mechanismus, ist die sofortige Erreichung eines gesetzten Zieles. Durch die Einführung der zweiten Priorität erlangt der Mechanismus die Fähigkeit, vorausbestimmbare Werte zu erreichen, die auf vorausgegangenen Erfahrungen basieren. Der gesamte Mechanismus ist also daran beteiligt, dafür zu sorgen, daß seine zukünftige Fähigkeit, den Hauptzweck der ersten Priorität zu verwirklichen, gewahrt bleibt. Das heißt also: Seine vorrangige Aufgabe ist die Selbsterhaltung, damit er hartnäckig ein bestimmtes Ziel verfolgen kann.«

Seine Stimme wurde unverständlich, als er die Schaltkreise und Kernspeicher im Roboter beschrieb. Das Mädchen lehnte sich zurück und beobachtete ihn eine Weile mit traurigem Lächeln. Es ist doch alles umsonst, dachte sie. Das nächtelange Arbeiten, das Grübeln, die Karten und Skizzen. Sie würden sein Werk zerstören. Schweigend ging sie hinaus, um das Schaltbrett zu kontrollieren, das Störungen im Minenbetrieb meldete.

Dr. Vianti fuhr fort, abgerissene Sätze vor sich hin zu murmeln. Er bemerkte gar nicht, daß seine Enkelin nicht mehr im Laboratorium weilte. »Die Rezeptoren für mündliche Eingaben viel zu einfach und primitiv ... Es muß einen Weg geben, die Reaktionsfähigkeit zu erweitern ... Er soll auf jeden Befehl ansprechen ... Steigerung der Lernkapazität ... keine unausgenützten Kreise ...«

Nein, dachte er voll Bitterkeit, sein Werk durfte nicht verlorengehen. Sein Volk hatte schon genug gelitten. Es hatte versucht, den überlegenen Streitkräften der Weltföderation Widerstand zu leisten. Doch sein Volk war kläglich gescheitert. Seine Rasse war viel zu weich und empfindsam. Sie hatte der Roheit und Brutalität der Eroberer nichts entgegenzusetzen. Die Niederlage war schrecklich gewesen. Ihre Spuren waren noch überall auf dem Planeten zu sehen: rücksichtslose Ausbeutung, Zerstörung der Landschaft, Verbannung der Intelligenz. Die Gelehrten durften keine Verbindung untereinander aufnehmen, mußten sich mit geistlosen Routineaufgaben begnügen, ihr Elan wurde mit stumpfsinnigen Tätigkeiten unterminiert, gebrochen. Die Universitäten waren aufgelöst worden. Jede Neuentdeckung in einem wissenschaftlichen Fachgebiet, jeder geistige Neuansatz, jeder Versuch geistiger Unabhängigkeit wurde der Weltregierung gemeldet. Dort wurden die Daten, die wissenschaftlichen Forschungsberichte und Abhandlungen gesammelt, gesichtet, analysiert. Was die Weltregierung nicht für ihre eigenen Zwecke ausbeuten konnte, wurde verbrannt oder zu Makulatur verarbeitet. Patente durften nur unter ›angemessener Aufsicht‹ weiterentwickelt werden.

Dr. Vianti seufzte. Er hatte nur noch eine Galgenfrist von wenigen Wochen.

Er schuftete Tag und Nacht. Seine Enkelin beobachtete ihn mit banger Sorge. Lange konnte er so nicht weitermachen. Er stand am Rande des Zusammenbruches. ›Wir hätten die beiden Soldaten töten sollen‹, dachte sie verbittert.

Eine Woche später diktierte er mit einem leisen Triumph in der Stimme: »Wir haben es geschafft. Das ›Ding‹ ist nahezu perfekt. Es besitzt einen eigenen ›Willen‹ – ein

Rückkoppelungssystem, mit dem es zielstrebig einen Zweck verfolgen kann. Ich habe dieses System so verbessert, daß das ›Ding‹ seinen ›Willen‹ frei entfalten kann. Das heißt, es kann seine ›Ziele‹ ändern, ohne neu programmiert zu werden. Das ›Ding‹ programmiert sich laufend selbst.

Doch jeder Wille muß sich behaupten können. Dazu dient der ›Selbsterhaltungstrieb‹. Das ist das zweite System, das ich ihm eingebaut habe. Es schützt das ›Ding‹ vor Zerstörung, so daß es den Zweck des Primärkreises, ein Ziel zu verfolgen, erfüllen kann.

Aber damit ist das ›Ding‹ noch nicht selbständig. Deswegen habe ich ihm einen dritten Kreis eingebaut, ein Lernsystem. Dieses ist so programmiert, daß der Roboter Daten aufnehmen kann und danach sein Handeln ausrichtet. Es sammelt Erfahrungen und wertet sie aus. Es entwickelt einen ›Wortschatz‹, ein sich selbstmodifizierendes Kommunikationssystem. Damit bekommt der Roboter eine Art primitiven Bewußtseins.«

Dr. Vianti strich sich mit der Hand über die Stirn. Er versuchte, sich in präziser technischer Fachsprache auszudrücken, und trommelte nervös mit den Fingern auf die Schreibtischplatte.

Seine Enkelin blickte ihn an. »Großvater – wozu das alles? Du ruinierst dich. Und wofür? Sie werden dein Spielzeug vernichten, weil es eine Gefahr für sie bedeutet!«

Der Roboter stand unbeweglich an der Wand. Er speicherte alle Worte, die in seiner Gegenwart gesprochen wurden. Er verstand sie nicht; aber er registrierte, bis sein ›Verständnis‹ groß genug war, daß er ihre Bedeutung erfassen und auswerten konnte.

»Wenn ich beweisen kann, daß meine Arbeit für die Föderation und nicht nur für unseren Planeten von Vorteil ist, werden sie mich in Ruhe arbeiten lassen. Vielleicht bekomme ich sogar ein richtiges Laboratorium und Assistenten ...«

Dr. Viantis Hände flatterten nervös. Das Zittern in seiner Linken war ihr vor zwei Wochen noch gar nicht aufgefallen. Das Zucken in der Rechten hatte sich verstärkt.

»Für einen allein ist es zu schwierig ... wenn ich nur an die technische Wartung denke!« Er starrte auf die neuen Greifer des Roboters, die müßig herunterhingen. »Ich könnte ihn dazu bringen, sich selbst zu reparieren«, murmelte er. Seine Worte verrieten seine steigende Erregung. »Oder eine Lernmaschine! Ich habe versucht, ihm das Sprachverständnis einzuprogrammieren. Eine Lernmaschine könnte ihn vierundzwanzig Stunden lang unterrichten! Was für ein Wissen könnte er speichern!«

Ein Schaudern überlief das Mädchen, als es den Metallkoloß ansah.

Dr. Vianti würdigte sie keines Blickes mehr. Er zog seine Werkskizzen heraus, die für sie nur leere Buchstaben und Zahlen bedeuteten. Sie ließ den alten Mann allein.

Fünf Wochen später meldete sich ein Major von der Sicherheitsgruppe der Weltföderation bei Dr. Vianti. Er wurde von einem Dutzend Uniformierter begleitet. Dr. Vianti ließ den Roboter in seinem provisorischen Labor stehen und unterhielt sich leise mit dem Major im Nebenraum. Ein paar Sekunden blieb der Roboter ruhig stehen, dann bewegte sich seine Schädelkuppe, bis seine ›Augen‹ auf die Tür gerichtet waren.

Die Männer unterhielten sich auf Englisch, in der offiziellen Sprache der Weltföderation. Der Roboter verstand diese Sprache nicht, registrierte sie nur, ohne darauf zu reagieren. Nach einer halbstündigen Unterredung hörte der Roboter, wie Dr. Vianti zu seiner Enkelin in seinem

Heimatdialekt sagte: »Ich muß den Roboter zerstören! Der Major will ihn beschlagnahmen und studieren. Das kann ich nicht zulassen. Seine Fähigkeiten sind zu groß. In ihren Händen wird er zu einer gefährlichen Waffe!«

»Wie willst du das tun?« fragte sie rasch.

Englische, unverständliche Worte mengten sich dazwischen. Erst nach fünf Minuten konnte Vianti die Frage seiner Enkelin beantworten: »Ich werde ihm einen Befehl geben, den er auf Grund seiner Beschaffenheit nicht ausführen kann. Seine Systeme werden zusammenbrechen. Du bleibst hier im Büro und vernichtest inzwischen die Werkskizzen!«

Der Major ergriff wieder das Wort. Der Roboter hinter der Tür speicherte jeden Laut. Dann ging die Tür auf. Aus Erfahrung wußte der Roboter, daß die Laserstrahlen seiner Augen töten konnten.

Er wußte, es würde sein Ende bedeuten, wenn man ihm die Schädelkuppel abnahm.

Der Primärauftrag, einen Zweck zu verfolgen, trat zurück. Der Sekundärauftrag, sich selbst zu erhalten, trat an seine Stelle. Welchen Befehl Dr. Vianti ihm auch erteilen mochte: dieser Befehl würde dem Sekundärauftrag widersprechen. Das ›Ding‹ würde keinem Befehl mehr nachkommen, der seinem ›Selbsterhaltungstrieb‹ widersprach. Es würde auch seinen eigenen Schöpfer vernichten, wenn dieser sich dem Programm seines zweiten Speicherkreises widersetzte – der Bestimmung, sich selbst zu erhalten.

Die Wirkung seiner ›Handlung‹ konnte das ›Ding‹ vorausberechnen. Sie basierte auf seinen Erfahrungen. Es hob die ›Lider‹ über den bleistiftdünnen Öffnungen. Ein roter Strahl durchschnitt die Luft. Er traf Dr. Vianti und trennte ihm den Kopf von den Schultern.

Dann wartete der Roboter auf einen Primärauftrag. Er

hatte keinen Alternativauftrag. Der Mechanismus funktionierte ja nur auf deduktiver Ebene und erreichte sein Ziel nur auf Grund jener Prämissen, die man ihm einprogrammiert hatte. Ohne Primärauftrag konnte er bloß abwarten, bis die nächste Bedrohung eintrat. Der Major stellte für ihn keine solche Bedrohung dar.

Das Mädchen schrie auf.

Das ›Ding‹ vergewisserte sich, ob sie eine Bedrohung für seine Existenz darstellte. Das war nicht der Fall. Ihre Worte wurden aufgefangen und gespeichert.

»Der Roboter ist ein Mörder! Sie müssen ihn zerstören, bevor er alles vernichtet, was ihm nahe kommt! Er hat keine Ahnung von ›Gut und Böse, von Recht und Unrecht‹! Jeden, der sich ihm nähert, betrachtet er als Feind!«

Die Männer verluden achselzuckend den Roboter auf einen Transporter. Sie verfrachteten ihn in ihr Raumschiff und starteten. Sie nahmen Kurs auf den Planeten Venus, wo sich die Versuchsstation der Armee befand . . .

5

Der Mann auf dem Liegebett stöhnte im Schlaf. Seine Beine zuckten, die Augen bewegten sich hinter geschlossenen Lidern. Auf dem sonnengebräunten Gesicht glänzten Schweißperlen. Das Innere der Fähre war schwach erleuchtet. Das Licht war von außen nicht zu sehen. Dafür sorgten die Blenden vor den runden Fenstern. Er wollte vermeiden, daß völlige Dunkelheit herrschte, wenn er die Augen aufschlug. Er wollte sich sofort zurechtfinden, vertraute Dinge sehen. Er klammerte sich an diese Dinge, damit er nicht an seiner Einsamkeit verzweifelte.

Sein linkes Bein zuckte stärker. Er erlebte den Marsch zwischen den Felsen noch einmal – die weiße glühende Sonne über ihm, Strahlen, die um ihn aufblitzten. Er ging zwischen den Strahlen hindurch, konnte die Hitze direkt riechen ...

Wir haben ein paar Einheimische entdeckt, Captain. Oben am Hang.

Laß sie, Tracy. Das sind doch nur primitive Wilde, mit Speeren und Pfeilen bewaffnet. Wir haben Befehl, die Dörfer auszuräuchern.

Jawohl, Sir Captain L'Taugh!

Er gab seinen Leuten ein Zeichen. Sie formierten sich zur Reihe, bewegten sich vom Raumschiff fort, stiegen in die Schlucht hinunter, wo Felsblöcke ein trockenes Flußbett säumten. Er blickte den Hang hinauf. Dort wimmelte es auf einmal wie von Ameisen – winzige Gestalten, die unter schweren Lasten schwankten. Plötzlich kam der ganze Berg herunter, als sie oben die Felsblöcke von sich warfen. Immer rascher rollten die Steine, donnernd, unaufhaltsam, rissen andere mit, begruben den Captain und seine Leute unter sich, die sich eben zur Schützenlinie formieren wollten. Tracys Gesicht blieb ausdruckslos, als er geduckt zu seinem Trupp zurückeilte, der in einer Mulde auf Befehle wartete.

Captain L'Taugh ist tot. Wir rücken vor und säubern den Berg! Jawohl, Sir Leutnant!

Waffen auf Maximum einstellen! Brennt alles nieder!

Die Bäume hatten keine Zeit mehr, sich in schwarze Strünke zu verwandeln. Sie lösten sich einfach in Rauch auf.

Der Hang bebte, barst, wurde glasig, verdampfte. Die Hütten barsten wie Knallerbsen. Ätzender Rauch stieg in Mund und Nase. Asche brannte in den Augen ... Maximaleinstellung beibehalten. Jawohl, auch auf diese Entfernung! Es ging so schnell, daß sie nicht einmal schreien konnten ... Gestalten, die sich in Rauch und Dampf auflösten ... Bilder, die sich ihm unauslöschlich einbrannten ...

Heroischer Einsatz ... Auszeichnung. Captain Tracy. Captain ...

Der Mann ächzte und richtete sich zu halb sitzender Stellung auf. Das gedämpfte Licht im Fahrzeuginnern, das Schweigen der Warnsysteme, sein regelmäßiger Herzschlag und Atem beruhigten ihn wieder. Er war heiß und fiebrig nach dem langen beschwerlichen Marsch in der Sonnenhitze. Viel zu müde, um sich ein Glas Wasser zu holen. Die Beine schmerzten. Er legte sich wieder zurück und schloß die Augen. Einmal hatte ihn ein Speer verletzt. Wahrhaftig, ein Speer! Er dachte an das Spital, in dem er tagelang zwischen Leben und Tod schwebte. Muskelkrämpfe marterten ihn, die als Folge der vergifteten Speerspitze auftraten. Der Herzschlag hatte sich wahnsinnig gesteigert, während ihn Fieberträume narrten – Visionen, Stimmen.

»Wir haben zweihundert Mann verloren; aber wir haben die Kerle liquidiert. Diese Höhlenmenschen, diese Kannibalen. – Wir haben es ihnen gezeigt! Gehen Sie jetzt schwimmen, ruhen Sie sich aus, Tracy, erholen Sie sich!«

Sie tauchte, so daß er sie aus den Augen verlor. Dann fühlte er sich am Knöchel gezerrt, bekam Wasser in Mund und Nase und fing sie lachend ein . . . ein glatter, brauner Körper, nackt, mit vollen Brüsten. Strähnen nassen Haares auf den nassen Wangen.

»Lar!« stöhnte Trace und bewegte sich unruhig im Schlaf. Jetzt war sein Gesicht trocken wie vergilbtes Pergament, seine Halsschlagadern pulsten wild. Er wand sich auf dem heißen Lager und zerrte an dem Anzug, den er noch nicht abgelegt hatte. Ohne die Augen zu öffnen, riß er ihn auf und zog sich aus. »Lar«, flüsterte er wieder und war auch schon wieder mit ihr zusammen im Wasser, fühlte ihren kühlen Körper unter seinen Händen ...

Es gefällt dir, Dinge zu zerstören, nicht wahr, Captain Tracy?

Ihre Stimme ist so kühl und weich wie das Wasser. Die Tropfen schimmern wie Diamanten auf ihrem braunen Rücken, als sie weggeht. Kaum sichtbar spielen die Muskeln unter ihrer Haut.

Hast du sie gesehen, Duncan? Ein zierliches, braunhäutiges Mädchen ...

Vergiß sie, Trace. Du weißt doch, diese Mädchen sind eine wie die andere ...

Aber nicht diese, Duncan. Hast du sie nicht gesehen?

Vergiß sie, Trace! Du bist in der Armee! Du bist in der Armee ...

Er lag in dem kühl unter den blauen und violetten Blumen dahinströmenden Wasser, und seine Hände fanden sie und berührten ihr festes Fleisch, und das kalte Wasser und die kühle Haut spülten das Gift und das Fieber fort.

Duncan, hast du sie wirklich nicht gesehen ...

Vergiß sie, Trace! Du mußt sie vergessen!

Trace lächelte leise. Das unruhige Spiel der Augen ließ nach, ebenso das Zucken der Beine. Der rasende Puls beruhigte sich. Die rechte Hand hing schweißglänzend über den Bettrand hinab. Seine Linke öffnete den Verschluß des schlappen Plastikwassersackes. Mit einem leisen Zischen entwich Luft – der Sack sank flach und leer in sich zusammen.

Wieder verfiel er ins Träumen – diesmal war der Traum sanft und schmerzlos – Lar und die Zusammenkünfte mit ihr, die merkwürdig unschuldig waren. Das namenlose Glück, ihr nahe zu sein.

Nimmst du mich mit aufs Zimmer?

Möchtest du?

Hängt das von meinem Willen ab? Ich kenne die Vorschriften. Man muß der Flotte gehorchen. Ein unterworfenes Volk hat sich diesem Gesetz zu beugen.

Bitte, Lar, sag so etwas nicht!

Warum nicht, Captain? Es ist wahr. Du bist einer von den neuen Göttern. Hat man dir das nicht mitgeteilt?

Dein Wunsch ist mir Befehl. Mein Körper, mein Haus, meine Vorräte, meine Mutter – was darf ich dir anbieten?

Ich bitte dich, Lar! Du sollst nur in meiner Nähe bleiben, wenn dir das gefällt. Mehr will ich nicht.

Ist das dein Ernst?

Ja.

Gut. Dann gehen wir zum Schwimmen. Laß uns spielen wie fröhliche Kinder, die wir gewesen sind, ehe eure schwarzen Raumschiffe vom Himmel stürzten und wir den bitteren Geschmack des Krieges und der Eroberung kennenlernten. Vergiß, was du bist, Captain Tracy. Sei wieder ein Kind ... Vergiß deine Wunden und deine endlosen Kriege. Und ich werde meine toten Brüder und unsere verbrannten Städte vergessen.

Sie tauchte ins Wasser – ein goldbrauner Körper zwischen leuchtend roten Blüten. Ihre Worte klangen wie Musik ...

Doch dann rasselten plötzlich die Trommeln. Er stand vor der Front. Die Ordensspangen und Medaillen glitzerten im heißen, gleißenden Sonnenlicht. Ein Standgericht auf der Venus. Die Trommeln forderten in dumpfer Monotonie den Tod für den Verräter – den Tod für den Verräter ... kalte, dunkle Augen sahen ihn an ... Tod für den Verräter ...

Er stand mit dem Rücken zum Pfahl. Das Hinrichtungskommando wartete. Sie rissen die Waffen an die Schultern. Er öffnete den Mund, wollte ihnen zurufen, es sei alles ein Mißverständnis. Doch die Kehle war ihm wie zugeschnürt. Die Trommeln wirbelten. Trace erwachte mit einem Schrei ...

Er fuhr hoch und war sofort hellwach. Der Strahlungsdetektor! Er drehte das Licht voll auf und beobachtete den Radarschirm, auf dem sich von der äußersten konzentrischen Linie ein Lichtpünktchen so langsam dem Mittelpunkt näherte, daß die Augen beim lauernden Beobachten schmerzten.

Er kroch direkt auf ihn zu, mit einer Geschwindigkeit von sechs Kilometern in der Stunde.

Er prüfte, ob die Luke verschlossen war, und stellte den Sitz gerade. Er konnte nichts tun als abwarten, bis das ›Ding‹ näher herangekommen war. Draußen war es noch immer stockfinster. Er hatte keine sieben Stunden geschlafen. Wieso hatte ihn das ›Ding‹ diesmal so rasch aufgespürt? Weshalb hatte es ihn nicht hinaus in die Wüste verfolgt?

Das ist eine logische Maschine, Trace. Die Tricks, die du dir ausdenkst, beherrscht die Maschine auch. Vergiß das nicht, oder du bist verloren. Verlasse dich auf deinen Instinkt, deine Intuition, auf deine spontanen Einfälle! Mit Logik kommst du dem ›Ding‹ nicht bei! Du kannst es nicht auf seinem ureigensten Gebiet schlagen.

Ja, Duncan, ich habe es zweimal versucht. Das erstemal hat es mich nicht gesehen, wie ich in die Wüste hinausflog. Doch diesmal sorgte ich dafür, daß es meinen Kurs verfolgen konnte. Trotzdem ging es mir nicht in die Falle, Duncan.

Pure Logik, Trace. Dieser Kurs widersprach der Logik. Die Maschine wußte es besser ...

Das ›Lichtpünktchen‹ näherte sich nicht auf dem kürzesten Weg. Es wanderte nach Süden und bewegte sich im Zickzackkurs. Offenbar suchte der Roboter ihn zwischen den gewaltigen Felsformationen. Er stieß einen tiefen Seufzer der Erleichterung aus, als das Knattern des Detektors unvermittelt abbrach. Das ›Ding‹ war außer Radarreichweite. Es würde aber zurückkommen. Trace hatte nur ein paar Minuten Galgenfrist gewonnen. Er fuhr sich mit der Zunge über die Lippen. Sie waren rissig und wund. Jetzt fiel ihm zum erstenmal ein merkwürdiges Klingeln in den Ohren und ein Brennen in den Augen auf. Er wühlte in der Kiste mit den Medikamenten und entdeckte endlich ein fiebersenkendes Mittel. Als er nach dem Wasserbehälter greifen wollte, fuhr er plötzlich hoch. Es waren nur noch zwei Plastiksäcke übrig. Einer davon war halb leer. Der Traum von vorhin fiel ihm wieder ein. Er glaubte, das kalte, frische Wasser noch auf der Haut zu spüren. Sein Blick wanderte zum Liegesessel, wo der leere Trinkwasserbeutel lag. Wütend hob er den Beutel auf und schleuderte ihn gegen die Kabinenwand. Eine Fiebertablette hatte er im Munde zerkaut, die zweite schluckte er trocken hinunter, die dritte warf er weg. Der Radarschirm blieb leer. Die Detektoren gaben keinen Laut von sich. Er bereitete sich ein mageres Frühstück aus den Notrationen, aus den Tuben mit hochkonzentrierten Nahrungsmitteln, die teigig und widerlich schmeckten. Was er von seinen schwindenden Vorräten verzehrte, war ihm ziemlich gleichgültig. Nahrungsmittel waren kein Problem. Die würden noch reichlich übrigbleiben, wenn er schon längst verdurstet war.

Er verdrängte diesen Gedanken. Der Tod schlug im All zu, im Kampf. Er kam mit reißendem Schmerz, der tötete, ehe das Hirn den Schmerz richtig registrierte. Oder der Tod kam, wenn ein fehlerhafter Druckanzug oder ein Raumschiffantrieb ohne vorherige Warnung im Vakuum explodierte. Der Tod hatte viele Gesichter. Doch hier auf einem Planeten, den noch kein Mensch vor ihm betreten hatte, sollte er ihn nicht ereilen ...

Seine Höranlage registrierte das erste Säuseln des Windes – ein leises, seidenweiches Rascheln. Die Dämmerung brach herein. In vierzig Minuten mußte er den Platz räumen, egal ob der Roboter wieder in den Bereich seiner Radaranlage geraten war oder nicht. Er preßte die Zähne zusammen. Wohin sollte er diesmal ausweichen? Berge, zwischen denen er sich verstecken konnte, wurden langsam knapp. Der Boden hinter ihm war mit ›heißen‹ Spuren übersät, die seine Detektoren total verwirren mußten. Er hatte das ›Ding‹ fast tausend Kilometer weit an der ›Nase‹ herumgeführt. Es war ihm, folgsam wie ein Hund, auf Schritt und Tritt gefolgt, ohne das Tempo zu verlangsamen oder einen Fehler zu machen.

Er nagte an seinem Knöchel und starrte nachdenklich auf seinen Radarschirm. Das Brausen des Windes war zu einer monotonen Melodie geworden. Er versuchte, sich das zackige Rückgrat des Gebirgszuges vorzustellen, die steilen Felsnadeln und den wie mit Blätternarben übersäten Boden. Der Gebirgszug hatte eine Länge von tausend Kilometer, und er besaß nur noch Treibstoff für einhundertsechzig Kilometer. Dann mußte er den Reservetreibstoff angreifen, den er eigentlich zur Rückkehr zu dem in der Umlaufbahn ›parkenden‹ Raumschiff benötigte.

Noch sechs Tage mußte er ausharren, bis er zum Raumschiff zurückfliegen durfte. Wenn ihn der Mordroboter nicht auf diesem Planeten erledigte, würde er im All an Sauerstoffmangel eingehen. Wenn er sich doch nur verstecken könnte! Vielleicht konnte er mit seiner Fähre zum ersten Landeplatz zurückkehren, der am anderen Ende der Gebirgskette lag? Dort lag immer noch das Rettungsboot des Roboters. Das enthielt bestimmt genügend Treibstoff. Er würde das Boot schon finden, wenn es auch noch so gut durch den Energieschild geschützt war. Selbst wenn er mit seinem Detektor jeden Fußbreit Boden absuchen müßte – er würde das ›Ding‹ aufspüren. Und falls er nicht rechtzeitig . . .

Der Wind heulte, nahm an Stärke noch zu, als die Sonne höherrückte. Sie erwärmte die abgekühlte Nachtluft und saugte sie hinauf in die kalten oberen Schichten der Atmosphäre. Trace preßte die Hände gegen die Ohren, um bei dem tobenden Gebrüll nachdenken zu können. Falls es ihm nicht gelang, das Landungsboot des Roboters zu finden, falls das Rettungsschiff nicht rechtzeitig eintraf und der Roboter oder der Durst ihn tötete, würde der Roboter ›triumphieren‹.

Der Roboter würde zu seiner eigenen Fähre zurückkehren, sie reparieren und diese höllische Wüste verlassen. Im All konnte er dann das Raumschiff, welches Trace in der Umlaufbahn geparkt hatte, übernehmen und es instand setzen. Wohin würde der Roboter dann fliegen? Sein Raumschiff in den Händen des Killers! Trace fühlte kalten Haß in sich aufsteigen. Auch wenn er seine gegenwärtige Taktik beibehielt, würde es nur zwei Tage dauern, bis der kostbare Treibstoffvorrat aufgebraucht war. Dann mußte er den Planeten verlassen, sich in sein Raumschiff setzen und warten, bis das ›Ding‹ kommen und ihn im Raum erledigen würde. Das war für den Roboter kein Problem, da das beschädigte Raumschiff keinerlei Schutz bot. Dem Roboter machte es nichts aus, ob das Schiff ›heiß‹ war oder ob es genügend Druckausgleich und Sauerstoff hatte oder nicht. Das ›Ding‹ würde mit seinem Schiff ins All hinaus fliehen. Dort, in den unermeßlichen Weiten des Raumes, hatte der Roboter genügend Zeit, das Raumschiff gründlich zu reparieren.

»Ich muß den Roboter auf dem Boden festnageln. Ich muß ihn von seinem Rettungsfahrzeug fernhalten. Von meinem natürlich auch. Ich könnte meine und seine Raumfähre als Fallen benutzen. Nein, das genügt nicht. Das ›Ding‹ würde die Rettungsmannschaft, die auf den Roboter nicht vorbereitet ist, angreifen und töten. Das

Ergebnis wäre dann das gleiche.« Das Strahlungswarnsignal schreckte ihn aus seinen Gedanken. Wieder näherte sich das ›Ding‹. Es war nur noch knappe fünf Kilometer entfernt. Jetzt war es höchste Zeit zu starten.

»Okay, jetzt geht es dir an den Kragen! Ich werde deine Fähre finden, hörst du? Ich werde sie so zurichten, daß sie fluguntauglich wird. Dann nehme ich dir deinen Treibstoff und deine Sauerstoffbehälter und lasse dich hier zurück! Du kannst dann bis in die Ewigkeit auf diesem Planeten herumirren! Du darfst diesen elenden, stinkenden Planeten behalten! Als dein Königreich! Du darfst dich hier als Götze in deinem Metallnabel bespiegeln! Hörst du mich?«

Der Sturm verschluckte seine Stimme. Trace schloß kurz die Augen. Dann ließ er die Treibwerke anlaufen und lenkte das Fahrzeug unter dem Felsenvorsprung hervor. Sofort stemmte sich der Wind dagegen und ließ die Fähre in allen Fugen erbeben. Trace preßte den Mund zusammen und kämpfte gegen den Wind an. Er brachte das kleine Fahrzeug vom Boden hoch und flog in die Richtung davon, aus der er gestern gekommen war. Der Gegenwind ließ die Instrumentennadeln tanzen. Nach zwanzig Minuten erkannte Trace, daß er landen mußte, wenn er nicht in Stücke gerissen werden wollte. Der Entfernungsmesser zeigte an, daß er einhundertneunzig Kilometer zurückgelegt hatte. Jetzt gab es keine Alternative mehr. Er besaß nicht mehr genügend Treibstoff für die Rückkehr zum Raumschiff.

Der Roboter würde viel Zeit verlieren, bis er seine Spur wieder aufnahm. Von der sehr menschlichen Eigenart, ein Risiko einzugehen, ›ahnte‹ der Roboter nichts. Das war eine Entscheidung, die nicht auf logischen Voraussetzungen gründete. Auch wenn der Roboter vielleicht einen ganzen Tag verlor, bis er Trace' Manöver logisch durchschaute, lagen noch sechs Tage vor Trace, in denen er damit rechnen konnte, daß das ›Ding‹ wieder auf seinem Radarschirm aufkreuzte. Sechs Tage, in denen er die versteckte Fähre des Roboters finden, ihren Treibstoff übernehmen, sie zerstören und den Planeten verlassen mußte ...

6

Zwischen den scharfen Felsnadeln war das Steuern gegen den Wind so gut wie unmöglich. Die Luft war schwarz vor Sand. Der Sturm riß kieselsteingroße Splitter von den Felsen und schleuderte sogar massive Blöcke durch die Luft. Trace wählte einen hochaufragenden Granitschaft als Zuflucht, hinter dem er wie hinter einer riesigen Säule vor dem Sturm Schutz suchte. Seine Rückenmuskeln und Arme schmerzten. Die Augen brannten, als hätte sie der Sand versengt.

Er ließ den Kopf auf die Arme sinken und verharrte regungslos. Jetzt hörte er nur noch das Heulen des Windes, das von dem donnernden Aufprall der Felsbrocken gegen die Bergwände unterbrochen wurde.

Wie brachte es der Roboter nur fertig, den durch die Luft gewirbelten Felstrümmern zu entgehen? Tracy versuchte sich vorzustellen, wie das ›Ding‹ immer wieder getroffen wurde und trotzdem imstande war, sich aufrecht weiterzubewegen. Hatte es womöglich gelernt, auszuweichen und sich hinter den Felsnadeln zu verstecken, wenn der Wind stärker wurde?

»Das ›Ding‹ ist gerissen, Duncan! Es lernt aus Erfahrung. Es verbessert sich laufend. Wenn es nur seinem ›Programm‹

gehorchen würde, hätten die herumwirbelnden Steinbrocken es längst in Schrott verwandelt!«

»Die Logik berechnet die Zukunft aufgrund vergangener Ereignisse.«

»Schon, Duncan. Aber niemand sagt dem ›Ding‹, was es lernen soll und was nicht. Es ist sein eigener Lehrer ...!«

Trace hob benommen den Kopf und starrte die Armaturen der Kontrollanlage an. Matt raffte er sich auf und ging nach hinten, zum Vorratsdepot. Das Fieber war wieder im Aufflammen, und mit ihm diese merkwürdige Leichtsinnigkeit, die Gefahr bedeutete. Was geschah, wenn er hier in Fieberdelirien verfiel? Als er die Tabletten in der Hand hielt, fragte er sich, ob er schon davon ein paar genommen hatte. Er konnte sich nicht mehr erinnern. Er schluckte zwei Tabletten und schwemmte sie mit einem Schluck Wasser hinunter. Mit betonter Sorgfalt verstaute er den Wassersack wieder und sperrte die Ladeluke. Den Schlüssel legte er zu den Medikamenten. Der Wind wurde von Minute zu Minute stärker. Wenn der Sturm seinen Höhepunkt erreichte, würde er ganz plötzlich abflauen. Trace mußte sich vergewissern, welche Richtung er einzuschlagen hatte. Sobald Windstille eintrat, würde er sofort starten.

Wie angenehm wäre jetzt eine kleine Erholung gewesen. Sich erholen, das Fieber ausschwitzen, wieder zu Kräften kommen . . .

Ein Frösteln überlief ihn. Erschrocken zog er die Karte heraus, die er von diesem Planeten angefertigt hatte. Wenn er hier verendete, würde der Roboter in zwei Tagen seine Leiche finden und in drei Tagen seine eigene Fähre erreicht haben.

»Wenn ich hier verendete!« Er kostete die Worte aus, wiederholte sie mit lauter Stimme. Also doch nicht im All? Sollte er nicht als Fremdkörper bis in alle Ewigkeit im schwarzen Vakuum umherschweben? Oder auf einer der Welten beerdigt werden, auf denen die Flotte landete, um sie zu erobern? Er lachte und erschrak über seine eigene Lustigkeit. Der Sturm hatte sich gelegt. Es war ganz still draußen.

Trace stand auf und sah hinaus. Wie lange hatte er hier gesessen? Ihm schienen erst Minuten vergangen zu sein. Tatsächlich waren es aber zwei Stunden gewesen. Das Frösteln stellte sich wieder ein, diesmal nicht nur äußerlich, sondern auch im Innern. Er ging ans Schaltbrett und startete nach Süden. Dabei hielt er sich immer im Schatten des Gebirgsrandes und vermied die Wüste. Diesmal wäre ihm der Roboter ohnehin nicht in die Wüste hinaus gefolgt. Das Manöver hätte ihn bloß Zeit und Treibstoff gekostet. Jetzt war sein Kopf wieder ganz klar. Das Medikament hatte das Fieber herabgedrückt.

Er mußte sich jetzt ein gutes Versteck suchen, tüchtig essen und während der heißesten Tageszeit ruhen. Am Abend wollte er dann die Suche nach der verborgenen Landefähre fortsetzen. Das kam ihm jetzt alles recht einfach vor. Als ihm seine Todesgedanken einfielen, lächelte er grimmig. Drei Monate lang waren Mensch und Maschine aneinandergekettet gewesen. Das durfte nicht vergebens gewesen sein. Er wollte nicht sterben!

Er war damals mit Lar zusammen gewesen, als Duncan ihn aufgestöbert hatte. Er hatte Lar verlassen, um das Metallungeheuer zu jagen. Jetzt wollte er nicht an sie denken. Später – wenn er wieder Zeit hatte, sich zu erinnern, wie ihre Stimme geklungen hatte, wie ausdrucksvoll ihre Bewegungen gewesen waren, wie sich das Licht in ihren Augen spiegelte ...

Grimmig starrte er auf das Suchfernrohr. Das Fadenkreuz glitt auf den ursprünglichen Landeplatz zu. Trace war an den Südrand des Gebirgszuges zurückgekehrt. Er drosselte das Tempo, gewann an Höhe und suchte den Boden unter sich nach jenem Flecken ab, wo er das Landefahrzeug das erstemal hatte niedergehen lassen.

Von hier oben aus konnte er die Landschaft gut überblicken. Tiefschwarze Schatten. Lange und bizarre Monolithen, Türme und Gipfel. Die Schatten veränderten das Landschaftsbild ständig. Er stieg noch höher und drosselte seine Geschwindigkeit noch mehr. Nirgends ein markanter Punkt, den er in Erinnerung hatte. Alles schien sich zu gleichen und war ihm doch irgendwie fremd.

Fünf Kilometer weiter südlich endeten die Berge in Geröllhalden und einzelnen Felsnadeln.

Dann setzten die endlosen Wogen der Dünen ein. An dieser Stelle hatte der Gebirgszug eine Breite von rund 20 Kilometern.

Irgendwo dort unten war er zum erstenmal gelandet, und Duncan hatte neben ihm im Sterben gelegen.

Wir suchen uns später einen besseren Platz, Duncan. Im Moment will ich nur landen, um dich zu versorgen. Duncan? Bist du noch wach?

Natürlich, Trace.

Was war mit Duncans Stimme passiert? Es hörte sich an, als würde er durch eine dicke Schicht Watte sprechen. Trace stieß fast senkrecht nach unten, bremste stark ab und landete am Fuß einer schwarzen Felswand, die sich rund siebzig Meter über ihnen erhob. Er wandte sich Duncan zu, dessen naßgeschwitztes Gesicht so bleich wie Kalk wirkte.

Also schön. Jetzt werden wir mal sehen, was wir für dich tun können ...

Rühr mich nicht an, Trace. In meinem Innern ist alles zerrissen.

Blutige Blasen zeigten sich auf seinen Lippen. Waren die Lungen verletzt?

Ich baue ein Sauerstoffzelt auf, Dunc. Dann fällt dir das

Atmen leichter und du hältst durch, bis das Schiff kommt. Das sind ja nur noch ein paar Tage. Wir stehen hier im Schatten, Wasser und Lebensmittel haben wir auch reichlich, also mach dir keine Sorgen. Du wirst schon durchkommen.

Kümmere dich nicht um mich, Trace. Repariere die Fähre ... und sorge dafür, daß das ›Ding‹ zerstört wird.

Mache ich, Duncan – sobald ich mit dem Sauerstoffzelt fertig bin.

Er benutzte die Plastikfolie, befestigte sie mit einem Klebestreifen über Duncans Brust, sicherte sie unterhalb des Sitzes und führte den Schlauch der Sauerstoffflasche über Duncans Schulter.

Duncan rührte sich nicht. Seine Augen waren vor Schmerz weit aufgerissen, und sein Flüstern ließ sich kaum noch verstehen.

Die Sonne erhitzte die Felsen, die die Wärme ihrerseits wieder zurückwarfen, genau wie der Sand. Im Innern der Fähre stieg die Temperatur immer weiter an, bis die Klimaanlage nicht mehr mithalten konnte.

Trace badete Duncan in kühlem Wasser und verabreichte ihm schmerzhemmende Injektionen. Als die Medizin wirkte, fiel Duncan das Atmen sichtlich leichter, und auch seine Augen zuckten nicht mehr ruhelos hin und her.

Trace ging nach draußen, um das Loch in der Fähre zu reparieren. Während er arbeitete, brannte die Sonne auf seinen Rücken, und als er das Schiff wieder betrat, war sein Anzug so schweißdurchtränkt, als hätte er darin geschwommen. Duncan schlief, aber seine Temperatur war stark angestiegen. Trace badete ihn abermals und beugte sich vor, um Duncans Flüstern verstehen zu können.

Sei sparsam mit dem Wasser, Trace. Du wirst es noch brauchen. Und den Sauerstoff auch.

Duncans Augen waren geschlossen.

Er wirkte jünger; die Medikamente entspannten seine Haut

und ließen die Linien und Falten verschwinden. Er sah fast glücklich aus.

Du mußt es vernichten, Trace!

Ist schon gut, Dunc. Schlaf jetzt.

Als Duncan eingeschlafen war, ging Trace wieder nach draußen. Der schwarze Fels warf im Licht der tiefstehenden Sonne lange Schatten über den Boden. Trace marschierte um die Klippe herum und entdeckte eine Aufstiegsmöglichkeit. Von dort oben würde er einen guten Überblick über die Umgebung haben.

Die Kletterei erwies sich als sehr anstrengend, und er mußte mehrere Pausen einlegen. Unterdessen wurden die Schatten länger und dunkler. Schließlich erreichte er den Gipfel und bedauerte, mit dem Aufstieg nicht bis zum nächsten Tag gewartet zu haben, wenn es keine Schatten gab. Doch andererseits hätte er den Weg nach oben wohl kaum in der Gluthitze der Mittagssonne geschafft. Er hielt Ausschau, bis seine Augen schmerzten, und dann entdeckte er es.

Er konnte kaum glauben, daß es die Landung überstanden hatte, doch es war dort. Das Schiff war stark beschädigt. Trace war mehrere Kilometer von dem ›Ding‹, dem Roboter, entfernt, trotzdem konnte er die Werkzeuge erkennen, mit denen die Maschine die Fähre reparierte.

Irgendwie schien der Roboter seine Gegenwart zu spüren, trotz der Distanz, die zwischen ihnen lag. Die untergehende Sonne spiegelte sich im Metall, als er seine Schädelkuppel drehte. Sekundenlang starrten sich der Roboter und der Mensch an. Sie waren zu weit voneinander entfernt, um sich etwas antun zu können.

Und dann verschwand der Roboter plötzlich. Eine Sekunde später war auch die Fähre nicht mehr zu sehen. Trace blieb einen Moment lang völlig verblüfft stehen. Dann berührten ihn die eisigen Finger der Furcht, und er stolperte und rutschte hastig den steilen Abhang hinunter und eilte zu seiner eigenen

Fähre. Er ist dort draußen, Duncan! Und er weiß, daß wir hier sind. Er ist plötzlich verschwunden, Dunc! Einfach verschwunden. Und seine Fähre auch! Er hat etwas Neues erfunden, eine Art Schild, hinter dem er sich verbergen kann. Wir müssen von hier verschwinden, bevor er herkommt ...

Trace startete das Boot und flog in nördlicher Richtung los. Aus Sorge um Duncan wagte er es nicht, mehr als knapp hundert Kilometer zurückzulegen. Als er landete, frischte der Wind auf und wurde zusehends stärker.

Das ist eine richtige Höllenwelt, Duncan. Sand und Hitze, und jetzt auch noch Sturm. Und dazu dieser Roboter. Wir müssen ihm aus dem Weg gehen, bis wir eine Möglichkeit gefunden haben, ihn endgültig fertigzumachen. Verdammt, ich wünschte, wir hätten ein paar Geschütze an Bord ...

Duncan gab keine Antwort, und Trace badete den bewußtlosen Mann abermals. Diesmal rührte sich Duncan auch dann nicht, als ihn das kalte Wasser benetzte. Der Wind wurde heftiger, und als die Nacht hereinbrach, kühlte sich die Luft in der Fähre rapide ab.

Es ist nichts als ein logisch arbeitendes Gerät. Aber wir wissen nicht, wie der Roboter programmiert ist. Wir müssen davon ausgehen, daß sein Hauptziel darin besteht, uns zu töten. Er ist so angelegt, daß er seine eigene Existenz um jeden Preis schützen muß, und wir stellen eine Bedrohung für ihn da. Demnach müssen wir davon ausgehen, daß wir jetzt die Gejagten sind. Wie gefällt dir das, Dunc? Drei Monate lang haben wir ihn gejagt, und jetzt, wo wir ihn gefunden haben, stellt sich heraus, daß er der Jäger ist. Duncan?

Nur der Wind antwortete ihm. Irgendwann ließ der Sturm nach, und es wurde unheimlich still. Dann frischte der Wind wieder auf, und als er das nächste Mal erstarb, strahlte die Sonne vom Himmel.

Trace sprach die ganze Nacht über zu Duncan, und wenn das Fieber stieg, badete er ihn. Als die Sonne senkrecht über ihnen stand und alle Schatten verschwunden waren, starb Duncan.

Trace schleppte ihn bis zum Rand der Wüste, hob ein flaches Grab aus, legte den Toten hinein und bedeckte ihn mit Sand und Felsbrocken. Als er sich auf dem Rückweg noch einmal umdrehte, traf ein Laserstrahl das Grab, zerschmolz Sand und Steine und löste die Leiche in Atome auf.

Dann folgte der kirschrote Strahl seiner Spur. Trace suchte zwischen den Felsen Deckung und rannte zum Rettungsboot. Seine Finger huschten über die Kontrollen, und sein Blick wanderte über die Anzeigenskalen, ohne sie wirklich wahrzunehmen. Er steuerte das Boot dicht über den Boden und nutzte die Felsen als Deckung. Nachdem er auf diese Weise fast zwei Kilometer zurückgelegt hatte, zog er die Fähre hoch und nahm wieder Kurs Richtung Norden.

Der Roboter hatte achtzehn Stunden gebraucht, um die hundertzwanzig Kilometer zurückzulegen, und sein Laser hatte Duncans Grab aus mehr als zwei Kilometern Entfernung zerstört. Sein Primärziel, die Fähre zu reparieren, hatte der Roboter offensichtlich aufgegeben, um die Männer zu vernichten, die ihm bis zu diesem Planeten gefolgt waren.

Ich lerne es schon noch, Duncan. Ich weiß, daß er nicht auf Schußweite herankommen kann, ohne zuvor den Alarm auszulösen. Sobald ich herausgefunden habe, wie er vorgeht, werde ich ihn zerstören. Er wird dafür bezahlen, Dunc. Das verspreche ich dir, er wird dafür bezahlen ...

Das alles hatte sich vor drei Wochen zugetragen. Seither hatte der Roboter ihn über so viele Felsklippen und Basaltriffe gejagt, daß sie für ihn alle gleich aussahen: dunkel, herausfordernd, Wind und Sand trotzend, solange es ging. War es dieser Felsen gewesen, wo die Fähre zu Bruch ging? Oder jener dort drüben? Hier bestand das Gebirge zum Großteil aus Basalt und grauem Granit, der Kernmasse der Gebirge. Jetzt tauchte unter ihm eine neue Formation auf. Er zog eine Schleife, um das Terrain besser erkennen zu können. Dort lag ein Kessel, tief in die Felsen eingebettet, ringsum von schroffen Bergen umgeben. Dieser Kessel konnte ihm Schutz gegen fliegende Felsbrocken bieten, wenn der Sturm wieder aufkam.

Er studierte das Gelände. Zwischen den Felsen entdeckte er Durchbrüche, die als Zugang zu diesem Tal benutzt werden konnten. Hier, in einem Umkreis von sechzehn Kilometern, mußte sich auch die andere Fähre befinden. Später, wenn die Schatten von West nach Ost zeigten, wollte er wieder nach dem Basaltriff suchen. Noch ein letzter Blick auf das Gebirge über der Senke, und dann landete er in dem Kessel.

Sein neuer Lagerplatz war ein Hochplateau, das ungefähr tausend Meter im Quadrat maß. Die Felsen ringsum bildeten Türme und dolchartige Spitzen.

Die dem Kessel zugewandten Felswände waren senkrecht und spiegelglatt. Trace landete im Windschatten eines hellgrauen Granitblockes, der aussah wie ein riesiges Osterei, gekrönt von glitzernden Quarzitbändern, als habe ihm jemand eine Papiermanschette aufgesetzt. Er gönnte sich eine kurze Ruhepause, bevor er hinausging, um seinen neuen Schlupfwinkel zu inspizieren. Die sorgfältig kultivierten Landschaften von Mellic kamen ihm in den Sinn. Das sanfte Land, hatte Lar es genannt. Ihr Volk liebte das Land und behandelte es mit Achtung und Respekt. Nur weil das Land verbrannte, hatten sie sich den Invasoren ergeben. Nicht ihr eigener Tod oder die Aussicht auf einen sich endlos hinziehenden Krieg hatten sie erschreckt, sondern die Verwüstung des Landes. Lar hatte versucht, ihm ihre Einstellung zu erklären.

»Wir sind ein Teil des Landes. Wir gehören ihm, nicht umgekehrt. Jenes Gebiet, das ihr mit euren Strahlen bis auf das Grundgestein verbrannt habt, wird sich nie davon erholen, nie wieder leben. Wenn wir uns entscheiden, bis zum Tod zu kämpfen, ist das unsere Sache, aber was ist mit dem Land? Wir haben nicht das Recht, über das Land zu entscheiden. Das Land gehört Gott, und wir können nicht zulassen, daß das, was Sein ist, vernichtet wird.«

»Warum greift euer Gott denn nicht ein, um euch zu helfen?«

»Es ist nicht Gottes Aufgabe, sich um die Angelegenheiten der Menschen zu kümmern. Die Menschen müssen ihren eigenen Weg finden auf dem Land, das Er ihnen gegeben hat. Wenn wir um Hilfe bitten, richten wir unsere Gebete nicht an Gott.«

»Und wer sonst sollte darauf antworten?«

»Es gibt jene, die auf unsere Gebete antworten. Du wirst ihnen begegnen.«

Trace hatte sie abergläubisch und unwissend genannt, doch sie hatte darauf nur gelächelt.

Später hatte er herausgefunden, daß sie weder das eine noch das andere war. Die Außenseiter hatten die Gebete ihres Volkes erhört.

Ein andermal hatte sie über die Außenseiter gesagt: »Manche behaupten, sie wären die ersten gewesen, die die Galaxis besiedelt haben, und sie hätten auf allen Welten, die nicht von intelligenten Wesen bewohnt waren, Kolonien hinterlassen. Ich weiß nicht, ob das stimmt.«

Trace beendete seine Ruhepause. Das Fieber würde zurückkommen, und mit ihm die Stunden stumpfer Gleichgültigkeit. Er hatte zuviel zu tun, um sich Pausen zu erlauben. Und erst recht durfte er seine Zeit nicht mit Gedanken an ein Mädchen verschwenden, dem er nur dreimal begegnet war, einem Mädchen mit einer fremden Lebensweise und fremden Göttern.

Mag sein – es sind menschenähnliche Lebewesen. Aber sie sind nicht wie wir. Vergessen Sie das nie, meine Herren!

Jawohl, Sir Captain Tracy!

Wir können uns nicht den Luxus leisten, diese Wesen zu lieben oder zu hassen. Wir verschwenden keine sentimentalen Gefühle an sie. Wir denken nur an die Scholle, die Bodenschätze, den Lebensraum, an die Erze und Mineralien. Wir überlegen uns, was unsere Regierung davon gebrauchen kann. Wenn diese Wesen mit uns am gleichen Strang ziehen – wunderbar. Dann kommt niemand zu Schaden. Falls sie sich widersetzen – nun gut. Wir nehmen den Honig aus den Bienenstöcken und die Wolle von den Schafen. Wir melken die Kühe, solange sie Milch geben.

Jawohl, Sir Captain Tracy!

Er schloß die Vorratsluke auf und trank aus dem Wassersack.

Das synthetische Essen war wie immer ohne Geschmack; aber er würgte es hinunter. Er dachte an den Roboter, der jetzt unter weißglühendem Himmel auf seinen radioaktiv verseuchten Raupen durch den Sand und über die Halden rollte.

Es war genau fünf Jahre her, als er den Roboter zum erstenmal im Labor von Dr. Vianti gesehen hatte. Inzwischen hatte er viele Schlachten erlebt und viele neue Planeten kennengelernt. Wo war der Roboter inzwischen gewesen? Wer hatte ihn zu einer Supermaschine entwickelt, nachdem die Armee dem verrückten kleinen Wissenschaftler auf Ramses sein Spielzeug weggenommen hatte . . .?

7

»Mir ist es vollkommen schnuppe, wie raffiniert dieses ›Ding‹ gebaut ist! Mit Robotern kann man keine Kriege führen! Die Versuche mit ihnen scheiterten kläglich. Schlagen Sie doch in Ihren Geschichtsbüchern nach!« General Leroy Mulligan kaute wütend auf seiner Zigarre herum, während er in dem überfüllten Saal des strategischen Planungsstabes auf und ab stapfte. Die Offiziere des Stabes beobachteten ihn schweigend. Das Gebäude, außen und innen von gleicher grauer Farbe, war ein Kuppelbau. Wände und Dach waren nahtlos aus einem Stück, die Fenster an passender Stelle herausgeschnitten. Der General blieb vor einem der Fenster stehen und starrte auf die trostlose Landschaft hinaus.

Sümpfe, so weit das Auge reichte! Sie begannen gleich hinter dem eingezäunten Militärgelände. Auf der anderen Seite ragte ein ganzer Wald von Kuppelhäusern auf. Jedes von ihnen ruhte auf tief in den Schlamm getriebenen Pfeilern, die vom felsigen Untergrund gestützt wurden.

Die heiße Luft roch nach Verwesung, nach lautlosem Sterben und hemmungslosem Wachstum. Er haßte die Venus! Gütiger Gott, wie sehr er diese Venus haßte! Er war ein großer, kräftig gebauter Mann, noch keine fünfzig Jahre alt. Sein Haar glänzte kohlschwarz. Die Augen glitzerten wie Obsidianknöpfe.

»Herr General, das Komitee besteht gar nicht darauf, daß diese Maschine unbedingt für den Kampfeinsatz umgebaut werden soll. Wir wollen sie nur gewissen Eignungsprüfungen unterziehen.«

Ching Li Sung saß reglos da, die Hände vor dem Gesicht zur Pyramide zusammengelegt. So hatte er schon eine geschlagene Stunde lang dagesessen. Das elfenbeinfarbene Gesicht war faltenlos und zeigte keinerlei Regung. Ein krasser Kontrast zu den lebhaften Zügen des Generals.

»Zum Henker mit den Tests! Ich weiß genau, was Sie wollen! Dieser Unsinn, den wir laufend von den sogenannten ›Außenseitern‹ zu hören bekommen! Unberechtigtes Mißtrauen, Gerüchte, nichts als Gerüchte. Die hat es schon gegeben, seit der Mensch eine Keule schwingen konnte! Jetzt gerät gleich der ganze Kosmos in Panik, wenn ein Gerücht umgeht!«

General Mulligan machte kehrt und blieb vor dem Mitglied des Bewaffnungsausschusses stehen. »Warum hat die Regierung Sie persönlich hergeschickt? Warum ist es nicht bei einer Routineanfrage geblieben?«

Ching Li Sung antwortete nur mit einem leichten Achselzucken. Ein zweiter Offizier, ein Oberst, stand auf. Er war von der WGI, dem Geheimdienst der Weltföderation. »Herr General, was hatten Sie eigentlich vor, als Sie damals den Befehl gaben, den Roboter zu konfiszieren?«

General Mulligan sah den Oberst böse an. Sosehr er die Ausschüsse, Unterausschüsse und Unter-Unterausschüsse verachtete – den Geheimdienst verabscheute er noch mehr. Wie er die Ausschußmitglieder behandeln mußte, um zu bekommen, was er für die Armee brauchte, wußte er. Doch der Geheimdienst war nicht so leicht zu überzeugen. Jede beantwortete Frage führte zu zehn neuen Fragen. Bei der Abwehr hatte kein Mensch eine Ahnung, wie man eine Armee führen mußte. Er polterte los: »Wir haben auf diesem Schlammbadplaneten über tausend Leute eingebüßt. Tausend Leute! Außerdem Millionen Dollars an verlorener Ausrüstung – von Tauchgeräten, Booten, Unterwasserfahrzeugen, Tauchkugeln, Pumpen und so weiter! Nennen Sie uns einen Ausrüstungsgegenstand, den wir hier noch nicht verloren haben! Haben Sie jemals versucht, eine dreitausend Meter dicke Schlammschlacht zu durchbohren? Kein Wasser, kein gutes, festes Erdreich, sondern nur dreckiger, stinkender, verrotteter Schlamm? Jahr für Jahr haben wir um die Verlegung der Flottenbasis gebeten, Jahr für Jahr hat man das Gesuch abgelehnt! Die Marsatmosphäre sei zu dünn, die Erde zu übervölkert, alle anderen Planeten zu weit entfernt. Also sitzen wir hier fest. Alljährlich setzen wir uns dafür ein, daß die Trockenlegung dieses Stückchens Hölle den zivilen Behörden übertragen wird. Auch das wird abgelehnt. Deshalb möchte ich eine Maschine, die diese verdammte Dreckarbeit übernimmt.«

»Ich verstehe«, sagte der Oberst. Mulligan wußte, daß das alles in dessen Bericht an den Geheimdienst stehen würde.

Er hoffte, der Präsident der Föderation würde diesen Bericht selbst lesen.

»Meine Herren«, mischte sich jetzt ein anderer Zivilist ein, »ich glaube, es wäre für uns alle von Vorteil, wenn man den vom Ausschuß ausgewählten Männern erlaubte, den Roboter in Augenschein zu nehmen und Vorschläge zu machen. Außerdem plädiere ich dafür, daß die Maschine vorläufig unter Armeekontrolle bleiben soll.«

General Mulligan nickte kurz – das äußerste, was er sich als Zeichen der Befriedigung abringen konnte. Bei dem Mann, der den Antrag gestellt hatte, handelte es sich um Sergej Vislov, einen dem Ausschuß vom Präsidenten zugewiesenen Berater, dessen Vorschlag man befolgen würde.

Mulligan sah den Herren mit einem Gefühl der Erleichterung nach, als sie den Saal verließen. Es war so gekommen, wie er es erwartet hatte: Man würde zwar Beobachter schicken; aber seine Leute würden das ›Ding‹

selbst programmieren. Jetzt gab man den hohen Beamten ein Frühstück. Dann kam die Besichtigungstour. Die Tanzveranstaltung im Klub lenkte die Herren noch mehr von dem Roboter ab.

Ein schlanker Mann in Uniform betrat den Planungsraum. Dr. Pietro Urseline stand im Generalsrang.

Er war Physiologe und hatte sich auf Gehirnforschung und Kybernetik spezialisiert.

»Wie ist es gelaufen?« fragte Pietro Mulligan.

»Der Roboter gehört Ihnen«, erwiderte Mulligan mit grimmigem Lächeln. »Aber denken Sie daran, was wir brauchen! Keine Kriegsmaschine, sondern ein Ding, das in den Schlamm hinuntersteigt und diesen Planeten trockenlegt. Sonst nichts!«

»Mit einem *einzigen* Roboter wollen Sie das schaffen?«

»Wenn er sich bewährt, werden wir noch mehr von dieser Sorte herstellen. Sie haben behauptet, man könne ihn zum Baggern, für Unterwassersprengungen und zum Schneiden verwenden. Sie haben gesagt, man könne ihn jeder Druckbelastung anpassen und seine Greifer für den Schlamm umbauen. Sie bekommen den Kerl! Machen Sie das Beste daraus!«

Urseline seufzte. »Ich muß Sie korrigieren, General. Ich habe gesagt, ich würde das Ding gern mal ausprobieren. Wir wissen ja nicht einmal, ob dieser Trace verantworten kann, was er von dieser Maschine behauptet hat. Ich kann also nichts versprechen.«

»Trace ist ein ausgezeichneter Mann. Stand fünf Jahre unter meinem Kommando. Sehr intelligent. Ich habe schon seinen Vater gekannt, Oberst Wilmot Trace.«

Mulligan ging zur Tür und blieb, die Hand an der Klinke, stehen. »Warum glauben Sie, daß dieses Ding besser ist als die Roboter, die wir bereits haben?«

»Wenn Trace so intelligent ist, wie Sie behaupten, und

wenn sein Bericht korrekt ist, dann ist dieser Roboter allen unseren gegenwärtigen Modellen überlegen. Er reagiert auf mündliche Befehle. Er enthält zehnmal so viel Elektronik pro Kubikzentimeter wie unser bestes Standardmodell. Er ist also viel intelligenter als unsere Roboter. Unsere Roboter sind einfache ›Hilfsarbeiter‹ im Vergleich zu ihm. Sie sind nur so weit ausgerüstet, daß sie einfache, festumrissene Aufgaben erfüllen können. Aus Traces Bericht geht hervor, daß dieser Roboter auch komplizierte Anweisungen ausführen kann. Noch interessanter ist der Bericht, den der Major eingereicht hat. Der Tod von Dr. Vianti beweist, daß diese Maschine auch selbständig handeln kann. Darauf bin ich besonders neugierig. Warum hat das ›Ding‹ damals spontan reagiert? Die Behauptung des Mädchens, ihr Großvater habe ihr kurz vor seinem Tod nur befohlen, an ihren Schreibtisch zurückzukehren, ist natürlich eine Lüge. Warum sollte eine so harmlose Anweisung bewirkt haben, daß der Roboter in Aktion getreten ist? Andererseits – was könnte Vianti wohl gesagt haben, daß der Roboter ihn getötet hat? Wieso hat diese Maschine gewußt, daß der Laserstrahl Fleisch durchbohren kann? Wieso wußte sie, daß der Strahl tötet? Woher nimmt dieser Roboter die ›Einsicht‹, was Töten ist?« Urseline breitete die Hände in einer allumfassenden Gebärde aus. »Ich bin auf diese Maschine gespannt – sehr gespannt!«

Mulligan schnaubte und riß die Tür auf.

»Sorgen Sie dafür, daß dieser Roboter in diesen verdammten Schlamm hinuntersteigt und den Kanal verbreitert. Jeder andere Planet im Universum kann ausgebaggert werden. Oder man legt künstliche Ozeane an, baut Berge auf oder trägt sie ab ... Aber hier auf der Venus geht das nicht. Nicht ums Verrecken! Die zivilen Kolonien sollen meinetwegen im Schlamm ersticken.

Aber meine Hälfte hier will ich knochentrocken haben! Und ich bin gewohnt, meinen Willen auch durchzusetzen!«

Er polterte hinaus und warf die Tür hinter sich zu.

Sofort stieg ihm der Fäulnisgeruch in die Nase. Das steigerte noch seine Wut. Das Militärgelände lag am Rande eines Sumpfes. Es war dem Schlamm mühsam abgerungen. Und wie alle Gebiete, die nicht dauernd entwässert wurden, drohte es wieder zu versumpfen. Einen Augenblick blieb er stehen und hielt nach etwas Ausschau, an dem er seine Wut auslassen konnte. Doch es bot sich nichts Geeignetes an.

Die Venus war ein ›Experiment‹. Sie war von einer Gruppe von Leuten, die die UNO ausgewählt hatte, kolonisiert worden. Nur ein Fünfzigstel des Planeten war bewohnbar, der Rest war von seichten Meeren und Sümpfen bedeckt. Der Höhenunterschied zwischen der tiefsten Stelle des Meeresbodens und der höchsten Erhebung betrug höchstens fünfzehnhundert Meter. Die Meere waren meistens nur dreißig Meter tief. Die höchste Erhebung auf dem Land betrug tausend Meter. Die Kolonisten hatten alles ›brauchbare‹ Land in Besitz genommen. Nach dem Krieg zwischen den Kolonisten und der Erde hatte man der Armee die Insel Odessa zugewiesen. Sie ragte etwa sechs Meter über das Meer hinaus. Sie genügte den Bedürfnissen der Armee keinesfalls. Auf der Karte hatte Odessa zwar eine beachtliche Größe; aber in Wirklichkeit bestand über die Hälfte aus Sumpf und Morast. Dieses Gebiet war unbrauchbar und im Moment auch nicht trockenzulegen. In den seichten Ozeanen gab es keine tiefen Rinnen. Nur ein paar Meter Wasser bedeckten eine Schmutz- und Schlammschicht von zweitausend Meter Tiefe. Erst dann stieß man auf festen Boden. Das Ausbaggern des Schlammes war eine endlose

Plackerei, denn bevor die Baggerschalen wieder nach oben kamen, war bereits neuer Schlamm nachgesunken. Langsam hatte man das trockene Gebiet vergrößern können, doch war das gewonnene Land von trügerischer Beschaffenheit. Der Schlamm verwandelte sich in puderfeinen Staub. Die daraus gebrannten Ziegel zerbröckelten. Mit Sand, Stein und Zement ließ sich das Zeug nicht zu Beton vermengen. Regenwasser bewirkte, daß sich das Material dehnte, die Wände Sprünge bekamen und zusammenfielen. In der Hauptsache bestand der Schlamm aus abgestorbenen Pflanzen. Es waren keine Hartholzbäume, sondern weiche Blattgewächse, die über Nacht mehrere Meter emporschossen, blühten, zusammenfielen, wieder abstarben und ins Meer hinausgeschwemmt wurden. Oder sie blieben verfaulend liegen und vermoderten im Sumpf. Dieses Zeug war so klitschig, daß man an manchen Stellen in Sekundenschnelle im Modder versinken konnte.

General Mulligan ging in sein Quartier zurück. Er wollte sich, wie man das täglich mehrmals tun mußte, noch duschen und umziehen, ehe er zum Essen mitging, das zu Ehren der Regierungsdelegation stattfand.

»Die Regierung des Planeten Mellic findet sich im Moment zu keiner Friedenskonferenz bereit«, berichtete einer der Delegierten drei Stunden später bei Kaffee und Zigarren.

Mulligan spitzte die Ohren. Der Planet Mellic war von seiner Flotte entdeckt worden.

»Die wollen sich doch bloß zieren«, murmelte ein Offizier von der Venus. »Es ist schließlich nicht das erste Mal, daß ein Volk widerspenstig ist, wenn die Flotte die Macht übernimmt.«

»Dieser Fall liegt anders«, unterbrach ihn Ching Li Sung gemessen. »Sehen Sie – diese Leute geben ihre Niederlage zu. Sie lassen unsere Truppen ungehindert landen und befolgen deren Befehle auf das genaueste. Aber sie wollen nicht mit unseren Bevollmächtigten verhandeln. Sie sind überaus zuvorkommend und tun alles, was man von ihnen verlangt – nur verhandeln wollen sie nicht. Daß der Planet Mellic unter Militärverwaltung steht, scheint sie gar nicht zu stören. Das ist eigenartig. Man sollte doch erwarten, daß der Planet so rasch wie möglich wieder eine eigene Regierung haben will.«

»Stammen nicht von dort die Gerüchte über die sogenannten ›Außenseiter‹?« fragte General Mulligan.

»Sagen wir lieber, diese Gerüchte haben *auch* ihren Ursprung auf dem Planeten Mellic«, erwiderte Ching Li Sung mit sanftem Lächeln. »Ist Ihnen bei Ihrem ersten Einfall auf Mellic nichts davon zu Ohren gekommen?«

General Mulligan machte ein finsteres Gesicht. Was ihn betraf, war Mellic eine leicht zu erobernde Beute gewesen. Ein großer Planet zwar, aber ohne stehendes Heer. Er hatte nicht eine einzige Feuerwaffe zu Gesicht bekommen. Er war nur mit ein paar Raumschiffen gelandet, mit der Vorhut der Flotte. Man hatte sie herzlich empfangen. Als er drei Jahre später mit dem Rest der Flotte landen wollte, weil er die Regierung des Planeten übernehmen wollte, hatte man ihn mit Waffen und Raumschiffen empfangen. Plötzlich war Mellic kein leicht zu erobernder Planet mehr gewesen. Er hatte ein halbes Jahr dazu gebraucht, den Widerstand zu brechen. Es war sein letztes Kommando im aktiven Felddienst gewesen, ehe man ihn hierher auf die Venus versetzt hatte. Man hatte ihn wegen der aufgetretenen Schwierigkeiten kritisiert, doch hatte er einen so raschen Übergang vom Pazifismus zur militanten Gegenwehr nicht voraussehen können. Er konnte es sich immer noch nicht erklären, wie die Eingeborenen es geschafft hatten, in so kurzer Zeit moderne

Waffen zu bauen. Der Gedanke an eine Unterstützung von ›Außenseitern‹ – unbekannten feindlichen Wesen – jagte ihm einen Schauer über den Rücken.

»Vereinzelte Gerüchte wurden schon hier und dort laut«, gab Mulligan zu, »allerdings tauchten sie erst auf, als wir unsere Verwundeten nach Mellic brachten. Das war selbstverständlich erst nach der Kapitulation. Aber derartige Gerüchte bekommt man praktisch bei jedem besiegten Volk irgendwann zu hören.«

»Das ist richtig«, stimmte Ching zu.

Das Gespräch wandte sich nun politischen und wirtschaftlichen Themen zu. Die Gesellschaft löste sich in kleine Gruppen auf. Die Delegierten wollten das Gelände und die militärischen Einrichtungen besichtigen. General Mulligan saß im Stabswagen, einem mit Atomkraft betriebenen Bodenfahrzeug. Er zeigte den Besuchern, die in einer Wagenkolonne folgten, die neuesten Waffen, Transportmittel und Abwehrvorrichtungen. Doch die ganze Zeit über wollten ihm die Gerüchte nicht aus dem Kopf gehen, die von den ›außergalaktischen Wesen‹ verbreitet wurden.

Angeblich hatte der Planet Mellic die Außenseiter um Hilfe gebeten, nachdem die Flotte nach dem ersten Kontakt wieder in den Weltraum gestartet war. Das kleine Kontingent, das man zurückgelassen hatte, hatte keinen Verdacht geschöpft, daß etwas ›im Gange war‹, bis dann die Flotte bei ihrer zweiten Landung plötzlich auf Raumschiffe des Planeten Mellic gestoßen war.

Sie waren nicht zahlreich gewesen, aber ebenso gut ausgerüstet wie die Raumschiffe der Föderation. Mulligan hatte geglaubt, mit wenigen Raumschiffen auszukommen. Als er Verstärkung anforderte, war der Kampf auch rasch beendet gewesen und hatte zur völligen Unterwerfung des Planeten geführt. Und dann waren diese Gerüchte aufgetaucht, von denen er damals keines ernst genommen hatte.

Sie sprachen von einer ›Macht‹, die dem Planeten geholfen habe, über Nacht eine Streitmacht auf die Beine zu bringen. Diese ›Macht‹ sei friedliebend, widersetze sich aber den Anstrengungen der Föderation, die Galaxis zu unterwerfen. Es handele sich dabei wahrscheinlich um Humanoide, deren Raumflotte irgendwo im All stationiert sei.

»Gerüchte«, dachte Mulligan ärgerlich, »nichts als Gerüchte. Bis jetzt haben wir diese ›Geisterflotte‹ noch nicht zu Gesicht bekommen.« Mulligan schüttelte die trüben Gedanken ab, kehrte in die Gegenwart zurück. Er beugte sich über das Sprechgerät.

»Die Venus ist das Ausbildungslager für die Armee«, erklärte Mulligan der Gruppe. »Wir bekommen die Jungen im Alter von zwölf Jahren, schulen sie fünf Jahre lang und stellen sie dann an den für sie geeignetsten Platz.«

Sie fuhren durch eine Siedlung von Kuppelhäusern. Sie war ringförmig angelegt. Jedes Gebäude war mit dem nächsten durch Gehsteige aus Plastik, die über den feuchten Boden führten, verbunden.

Auf dem Exerzierplatz übten Hunderte von Halbwüchsigen in grauen Shorts und grauen Hemden Kniebeugen. Auf einem anderen trockengelegten Stück Gelände sah man Waffen und Fahrzeuge, die in Reih und Glied aufgestellt waren. Mindestens tausend ›Kadetten‹ wurden dort von ihren Lehrern gleichzeitig an den verschiedensten Geräten ausgebildet.

»Die Kadetten erhalten täglich vier Stunden strenges körperliches Training und vier Stunden Unterricht. Darauf folgen zwei Stunden Studierzeit«, erklärte Mulligan. »Mit zunehmendem Alter wird das Training auf eine Stunde täglich eingeschränkt. Dazu kommen dann zwei

Stunden Studierzeit und zwei Stunden Wartung der Waffen und Geräte.«

Seine Stimme dröhnte weiter, während sie das Exergelände hinter sich ließen. Immer öfter mußten sie vom Boden abheben, um baumähnlichen Blattpflanzen, die über Nacht emporgeschossen waren, auszuweichen. Oder sie glitten über ziegelrotes Wasser, das einen schwülen, giftigen Geruch ausströmte. Ab und zu hielten sie auf einem Fleckchen festen Bodens an, der dann unter den schweren Fahrzeugen erbebte. »Hier sehen Sie die Trockenlegungsarbeiten«, sagte Mulligan und bedeutete dem Fahrer anzuhalten. Unter ihnen hatte man aus dem Land einen Riesenkessel ausgegraben. »Wie Sie sehen, sind die Maschinen im Augenblick nicht im Einsatz. Unsere Unterseeboote versuchen gerade, die Bohrmaschine aus einer teerartigen Schlickschicht zu befreien.« Seine Bemerkung hatte verbittert geklungen. »Sie werden sie nicht freibekommen. Sie wird ungeachtet aller Bemühungen immer tiefer einsinken. Wenn man die Bergung nicht aufgibt, werden die Rettungsgeräte im gleichen Dreck versinken.«

Ein Wissenschaftler vom Mars betrachtete neiderfüllt das viele Wasser und wandte sich an den General: »Welchen Zweck hat dieses Unternehmen?«

»Wir müssen einen Kanal in das feste Gestein unter dem Schlamm graben, um das Land trockenzulegen«, erklärte Mulligan. »Wir haben es mit Verdampfung probiert. Wir haben versucht, den Schlamm auszubaggern. Unsere Ingenieure haben jetzt entschieden, die einzige Möglichkeit sei ein dreitausend Meter breiter Kanal von fünfzehnhundert Metern Tiefe, den man um die Landmasse herum anlegt. Mit dem gewonnenen Material werden wir einen Polder im Meer bauen und ihn mit Schlamm auffüllen.«

»Und dafür brauchen Sie den Roboter?« fragte Ching Li Sung leise. »Warum glauben Sie, daß er erreicht, was die anderen Maschinen nicht fertiggebracht haben?«

»Warum verwenden Sie keine Bomben?« fragte ein anderer.

»Wir könnten Atombomben anwenden«, erwiderte General Mulligan noch verbitterter, »aber die Regierung der Venus erhob Einspruch dagegen. Die Meere könnten zu ›heiß‹ werden. Der Schlamm wird so fein verteilt, daß es Jahre dauern würde, bis das Zeug sich wieder setzt. Auch bei einer ›reinen‹ Bombe. Und der Roboter? Ganz einfach, er ist mit Sensoren ausgestattet, welche ihm das Arbeiten in völliger Dunkelheit gestatten. Man arbeitet ja, wie Sie wissen, auch in den Bergwerken Tag und Nacht. Außerdem besteht er vorwiegend aus Platin, wird also weder rosten noch von Säuren angegriffen. Die Gewässer hier sind nämlich sehr stark säurehaltig. Denken Sie nur an das viele verfaulte Grünzeug! Und der Roboter hat Laser eingebaut. Eine Menge Energie ist da auf kleinstem Raum zusammengedrängt. Er besitzt Räder und Raupen, wir können ihn auch verankern. Er kann auf jeder beliebigen Ebene arbeiten. Er nimmt Befehle entgegen. Er kann unseren Leuten über die Bedingungen im Sumpf Meldung erstatten, nach denen sie sich richten können. Verstehen Sie jetzt ...?«

»Es sieht so aus«, murmelte der Abwehroffizier, »daß alle diese Eigenschaften den Roboter zur Kampfmaschine geradezu prädestinieren!«

Mulligan starrte den Abwehroffizier einen Moment mit zusammengekniffenen Augen an. »Unsere Kriege werden von Menschen ausgefochten«, knurrte er. »Menschen fliegen ins All, erobern die Planeten und besetzen sie. Menschen mit Einsicht und Vorstellungsvermögen. Menschen, die wissen, wann man schießen oder sich ruhig verhalten soll. Wann man töten muß oder ein Leben zu schonen hat. Menschen, die sterben können, damit das Land, für das sie gestorben sind, es auch wert ist, gehalten zu werden. Jede Welt, die wir eingenommen haben, ist mit unserem Blut getränkt. Das sind Bindungen, die Maschinen nicht herstellen können, Oberst. Land muß mit Blut und Opferbereitschaft gewonnen werden. Erst dann ist es *unsere* Welt, eher nicht!«

8

Leutnant Howie Langtree liebte die ›Venus‹ so sehr, wie Mulligan sie haßte. Er war hier geboren worden, war dem Jugendkorps im Alter von zwölf Jahren beigetreten und hatte in den vergangenen fünfundzwanzig Jahren in der Forschungsabteilung der Armee auf der Venus gearbeitet. Er war noch nie im Kosmos gewesen, hatte die Erde oder den Mars nie gesehen und hatte auch nicht das Verlangen, diese Planeten kennenzulernen. Seine Treue gehörte der Venus – jener Venus, die er sein Leben lang gekannt hatte.

Langtree war ein schmächtiger Mann, mit hellbraunem Haar, noch helleren Brauen und Wimpern, sanften blauen Augen und einer hellen Haut, die zu Sommersprossen neigte. Er befand sich gerade im Labor, als General Urseline und General Mulligan den Roboter hereinschafften. Mulligan war schweißüberströmt. Langtree schwitzte nie. Für ihn war das Klima auf der Venus ideal.

Langtree starrte den Roboter interessiert an. Pietro Urseline hatte nicht übertrieben. Im Gegenteil. Der Roboter stand reglos da – so unbeteiligt, wie es nur eine

Maschine sein konnte. Dennoch ahnte er, wieviel gebändigte Energie dem Ding innewohnen mochte.

»Okay, Pietro«, sagte Mulligan und umkreiste neugierig den Roboter. »Da wäre er also. Sieht nicht nach viel aus, wie ich zugeben muß. Machen Sie sich ran, und vertändeln Sie keine Zeit! Rüsten Sie ihn so aus, damit er in den Sumpf steigen und dort arbeiten kann.«

Nach einem Achselzucken wandte Mulligan sich zum Gehen. »Ich beneide Sie nicht um Ihre Aufgabe«, sagte er. »Genausogut könnte ich meinen Wagen als Koch ausbilden.« Dann ging er.

Die beiden Wissenschaftler sahen sich an. Über das hagere, asketische Gesicht Urselines huschte ein Lächeln.

»Das ist es also, Howie – unser Baby!« rief er.

»Ist keine Gebrauchsanweisung dabei? Gar nichts?« fragte Howie. Er machte eine Runde um das Metallungeheuer und tastete es da und dort ab. Das ›Ding‹ überragte ihn um mindestens einen Meter, so daß er sich daneben wie ein Zwerg vorkam.

»Nichts! Das Mädchen leugnet zwar, die Papiere vernichtet zu haben, doch sie hat es trotzdem getan. Falls das Mädchen etwas weiß, wird es reden. Jetzt aber müssen wir von der Annahme ausgehen, daß es die Wahrheit sagt und von der Arbeitsweise des Roboters keine Ahnung hat.«

Howie nickte. Endlich hatten sie bekommen, was sie sich seit ihrer ersten Begegnung gewünscht hatten: einen frischen, unverbrauchten und nach Belieben zu formenden Verstand.

Im Alter von zwölf Jahren war der Verstand der Jungen bereits von bestimmten Ideen und Vorstellungen geprägt, die sich nicht immer vollständig auslöschen ließen. Manche dieser Vorstellungen schlummerten tief im Unbewußten, um dann eines Tages hervorzubrechen und die

Handlungen des betreffenden Soldaten zu bestimmen, und zwar meist genau dann, wenn man das am wenigsten gebrauchen konnte. Wie viele Soldaten mochten wegen solchen, nicht rechtzeitig erkannten Problemen umgekommen sein? Doch diesmal würde alles anders werden.

Sie hatten längst alles durchgesprochen und wußten, was sie mit dem Roboter zu tun hatten. Sie wollten sich unverzüglich, ohne eine Sekunde Zeit zu verlieren, an die Arbeit machen. Mulligan würde auf täglichen Berichten bestehen, auf persönlichen Inspektionen und Demonstrationen. Sie mußten ihn zufriedenstellen, sonst würde er ihnen das ›Ding‹ wieder wegnehmen. Sie würden also den Roboter so programmieren, daß er Mulligans Anforderungen entsprach. Doch inzwischen wollten sie jene Möglichkeiten, die sie durchdiskutiert hatten, ausprobieren. Konnte man den Roboter zum vollkommenen Soldaten ausbilden? Sie waren jedenfalls dieser Meinung. Dann – nur dann – würde die Kriegführung aus den unfähigen Händen der Militärs in die der Wissenschaftler übergehen. Zum erstenmal in der an Gewalttätigkeiten so reichen Menschheitsgeschichte würde der Krieg selbst zu einer exakten Wissenschaft werden.

Sie machten sich flink und ruhig an die Arbeit. Der Roboter speicherte alle Vorgänge. Mit visuellen und kinästhetischen, mit Hör- und Tastorganen nahm er jedes Wort, jede Bewegung, jeden mit den Sinnen wahrnehmbaren Vorgang auf. Dabei rührte er sich nicht. Er hatte keinen Primärauftrag erhalten, und sein Sekundärauftrag war bis jetzt noch nicht provoziert worden. Also stand er regungslos – zeitlos – da und wartete ...

Dr. Vianti hatte als Biophysiker gearbeitet, bevor die Raumflotten Ramses entdeckt und eingenommen hatten. Sein Interesse hatte sich hauptsächlich auf das Gebiet der

Synapsen erstreckt. Er hatte mit dem Roboter diesbezügliche Versuche angestellt und elektrische und elektronische Impulse als Mittel der Kommunikation verwendet. Auch mit elektrochemischen Systemen hatte er es versucht.

Der Roboter hatte Viantis unzusammenhängende Worte aufgenommen, die im Moment zwar keine Bedeutung ergaben, doch zusammen mit anderen Bruchstücken aus der Vergangenheit gespeichert wurden: »Kurzfristige Erinnerungen ... Oszillierende Ströme, die durch chemische oder elektrische Schockwirkung ausgelöscht werden ... Irreversible chemische Änderung ...« Diese Wortfetzen, die der Roboter an jenem Morgen aufnahm, waren zunächst ebenso bedeutungslos, wie es anfangs die Worte von Vianti gewesen waren. Allerdings konnte er diesmal wenigstens eine sensorische Assoziation herstellen: Die Worte stimulierten dieselben sensorischen Daten, die er bei Viantis Worten erlebt hatte.

Der Roboter überprüfte seine Erfahrung und verglich die vergangenen Erlebnisse mit den gegenwärtigen. Da war doch einmal bei einer bestimmten Art der Stromschaltung sein Sehvermögen zerstört worden, und er hatte auch registriert, daß alle Stromanschlüsse untereinander verknüpft waren. Er hatte seine Überprüfung dahingehend intensiviert, das Schema herauszufinden, nach welchem die Schaltungen innerhalb eines Speicherkreises stattfanden.

Jetzt hörte er die Männer weitersprechen: »Nur wenige Schaltungen per Zeiteinheit! – Versuchen Sie noch mal die chemische Reaktion. – Nein, mein Lieber, ich kann mir nicht leisten, seine Erinnerungen auszulöschen. – Wie Sie wissen, werden Erinnerungen, Assoziationen und Befehle erst eine Zeitlang elektronisch gespeichert, ehe sie im chemischen Gedächtnisspeicher festgehalten werden. Wir versuchen es zunächst mit wenigen Anschlüssen und ändern die Spannung – nicht so stark! – Wir wollen schließlich nur die Reaktionen herausfinden. – Wir sind doch nicht lebensmüde . . .!«

Der Roboter ›verdaute‹: Bei einer der Schaltungen, die sie jetzt mit ihm vornahmen, war die Beweglichkeit, bei einer anderen wieder seine Hörfähigkeit geschwunden. Er konnte auf Grund der ihm eingegebenen Prämissen urteilen und die Folgen auf der Basis dieser Prämissen und gespeicherten Erfahrungen deduzieren. Er folgerte, daß er bei dieser Art von Schaltungen alle Fähigkeiten einbüßen mußte. Bedeutete dies nun gleichzeitig seine Vernichtung oder nicht? Wenn er früher einmal eine Fähigkeit verloren hatte, hatte man sie später wiederhergestellt, manchmal sogar besser als vorher.

Er versuchte die Meinung des Befehls der Selbsterhaltung abzutasten. Bedeutete dieser Begriff das physische Selbst der Maschine oder auch seine Teilfunktionen? Im Falle Dr. Vianti hatte es solche Zweifel nicht gegeben; denn dieser hatte eindeutig erklärt, er wolle ihn vernichten. Diese Männer aber gaben ihm keine eindeutigen Hinweise. Ihre Absichten waren schwer zu durchschauen, ihre Sprache nicht entzifferbar. Bisher hatte er aber auch nur mit schwacher Frequenz gearbeitet. Jetzt schaltete er immer mehr Frequenzen ein. Da er die Querverbindungen annähernd mit Lichtgeschwindigkeit herstellen konnte, gelang es ihm endlich – auf Grund der Häufigkeit verschiedener Wörter bei dem Gespräch der Männer –, den Sinn der Worte zu erfassen: »Alles löschen und dann von vorne anfangen ... keinen allgemeinen Wortschatz ... Nur bestimmte Befehle ... Dr. Vianti hat den Fehler gemacht, ihn jedes Wort verstehen zu lassen ... Vorsicht, den Laser nicht berühren . . .«

Behutsame Hände faßten ihn an und stellten Kontakte her. Die zwei Wissenschaftler unterhielten sich in abgerissenen Sätzen, wie das eben Männer tun, die sich ausgezeichnet verstehen. Der Roboter registrierte alles, und sein Verständnis wuchs immer mehr.

Er sollte also nicht zerstört, sondern weiterentwickelt werden. Doch was war mit den Erfahrungen, die man löschen wollte? Waren sie Bestandteil seines Selbst? Er prüfte, suchte und stellte nie gekannte Verbindungen her. Er besaß die Fähigkeit zur Selbstmodifizierung. Sein rudimentäres Bewußtsein, mit dessen Hilfe er Informationen über seine Wechselbeziehung mit der Umwelt aufnehmen konnte, wurde geradezu überschwemmt mit neuen Daten. Diese Werte wurden von seinem Rückkoppelungsnetz assimiliert, und er löste neue Impulse aus, um ihre Bedeutung zu erforschen.

Alles, was Dr. Vianti über den Programmier- und Lernvorgang gesagt hatte, wurde von ihm noch einmal überprüft. Der Roboter testete den Zustand der chemischen Speicheranlage und experimentierte mit seinen eigenen Schaltkreisen. Die Männer machten Pause und ließen ihn eine Stunde allein. Der Roboter verstärkte sein akustisches System, um aufnehmen zu können, was die beiden vor dem Gebäude besprachen. Damit erweiterte er erneut seinen Wortschatz. Anschließend gingen die Wissenschaftler die Schaltungen systematisch durch. Sie arbeiteten rasch; doch der Roboter war ihnen in dieser Hinsicht tausendmal überlegen. Am Nachmittag hatte er endlich eine Methode gefunden, seine Erinnerungen in den chemischen Speicheranlagen als permanentes Wissen zu horten. Die Männer beendeten ihre Arbeit. Über der Tür flammte ein Licht auf. Howie öffnete.

»Ach, General Mulligan! Schon zurück?« Howie zeigte auf den Roboter und fuhr fort: »Sieht schon ganz anders aus, nicht wahr?« Der Roboter wies jetzt Dutzende von verschiedenfarbigen Drähten auf, die zu einem Schaltbrett mit kompliziert aussehenden Hebeln und Schaltern führten.

Der General sah von der Schaltanlage zum Roboter. Das ›Ding‹ gefiel ihm überhaupt nicht.

Er mißtraute diesem Koloß. Er hatte das unheimliche Gefühl, daß der Roboter ihn beobachtete und ihm mit Verständnis zuhörte.

»Glauben Sie, daß man ihm trauen kann? Schließlich hat er schon einen Menschen getötet!«

»Seit er hier ist, hat er sich kein einziges Mal gerührt«, erwiderte Howie Langtree mit einem Anflug von Selbstzufriedenheit. Er spürte das Unbehagen des Generals in Gegenwart eines Dinges, das er nicht verstand, und Howie genoß die Situation.

»Ich habe eben noch mal den Bericht über Viantis Tod gelesen«, murmelte Mulligan. »Das ›Ding‹ hat sich auch nicht gerührt, als es Dr. Vianti mit einem Laserstrahl tötete, aber getötet hat es ihn trotzdem. Wie viele Teile sind beteiligt, wenn er denkt?«

Langtree lachte. »Er denkt nicht – jedenfalls nicht in unserem Sinne. Soviel wir wissen, wurde er dahingehend programmiert, mündlichen Befehlen zu folgen. Sie müssen bedenken, daß ihm die Befehle in der Sprache des Planeten Ramses und nicht auf Englisch gegeben werden müssen. Bis wir ihn völlig ›gelöscht‹ haben, sprechen wir in seiner Gegenwart nur englisch.«

»Wann werden Sie seine Speicher löschen können?« fragte der General.

»Morgen vormittag«, sagte Urseline. Er drehte dem Roboter den Rücken zu und gesellte sich zu den zwei Männern, die unter der Tür standen. »Die Kontakte sind jetzt hergestellt. Aber ich möchte jeden doppelt überprüfen und mich vergewissern, daß er funktioniert, ehe wir den Strom einschalten. Möchten Sie zuschauen?«

Mulligan nickte. »Ich werde dasein«, sagte er entschlossen. »Ich will Zeuge sein, wenn man diesem Teufel die Zähne zieht.«

Dann gingen sie, vertieft in eine Unterhaltung über die Energiequelle des Roboters und die unbekannte Programmierung, die sie ausradieren wollten. Das ›Ding‹ fing ihre Worte auf und verstärkte seine Hörweite, als sie sich entfernten. Erst als sie bereits kilometerweit entfernt waren, wurden ihre Stimmen undeutlich. Die Wissenschaftler bereiteten also doch eine Form der Zerstörung vor, eine teilweise Zerstörung. Unbeweglich stand der Roboter da, während das Leben im Lager mit schwindendem Tageslicht zum Erliegen kam. Er registrierte das Geräusch von Marschschritten. Junge Stimmen, die Soldatenlieder sangen. Fahrzeuglärm. Dann der regelmäßige Tritt der Wachtposten. In der Ferne Raumlinienschiffe, die starteten und landeten. Das furchteinflößende Geräusch eines Unfalls unter Wasser, als ein Kabel bei dem Versuch zerriß, die Bohrmaschine aus der klebrigen, zähen See zu befreien.

Der Roboter unternahm dann einen Versuch, der mißlang. Er probierte nämlich, Erinnerungen aus den zugänglichen Speichereinheiten der Monolithkristalle auf die chemischen Einheiten zu übertragen. Dazu brauchte er mehr Energie, als ihm in Form von Kleinbatterien zur Verfügung stand. Nach Mitternacht setzte sich der Roboter in Bewegung.

Lautlos glitt er auf die Generatoranlage zu. Er benutzte seine sechs Greifarme, um sich zu vergewissern, daß die energiebringenden Kontakte hergestellt waren. Dr. Vianti war durch den Mangel an Material behindert gewesen. Er hatte improvisieren und statt größerer Energiequellen, die der Forschung sonst zu Gebote standen, Serien von kleinen Batterien verwenden müssen. Vier Acht-Volt-Batterien wurden von einem Greifarm losgelöst. Der Roboter stellte eine Verbindung mit einem zum Schaltbrett führenden Kabel her. Der Greifarm betätigte Schalter und Hebel. Der Roboter spürte jetzt den Stromstoß. Er regulierte die Stromstärke und drehte an Kondensatoren und Isolatoren. Drei Stunden lang floß der Strom durch die Leitungen. Es dämmerte bereits, als der Roboter wieder an jenen Platz zurückkehrte, wo die Wissenschaftler ihn aufgestellt hatten. Der Roboter wies keine sichtbaren Veränderungen auf, doch die elektronischen Systeme, die sein Wissen gespeichert hatten, waren jetzt leer. In den früher neutralen chemischen Zellen hingegen war es zu winzigen elektrochemischen Veränderungen gekommen, und auch die darin enthaltenen Proteine hatten sich gewandelt. Wieder stand also der Roboter unbeweglich, zeitlos und abwartend da.

Er hatte gelernt, daß die Selbsterhaltung nicht unbedingt verlangte, er müsse seinen Bedroher zerstören. Selbstmodifikation war vorzuziehen, wenn er dadurch das gleiche Ziel erreichte. Er würde also nichts von seinen Fähigkeiten einbüßen und sogar neue dazugewinnen. Er empfand darüber keine Freude, da er ja kein Empfindungsvermögen besaß. Doch der Zustand des gestörten Gleichgewichtes, in dem er sich befunden hatte, war beendet.

Als die beiden Wissenschaftler das Labor wieder betraten und die Batterien in der Schädelkugel des Roboters mit Leitungen verbanden, zeigte das Oszilloskop keine Reaktion. Die beiden Männer tauschten Blicke der Genugtuung aus. Als eine halbe Stunde später der General ins Labor kam, wurde das Metallungetüm durch einen elektrischen Schock erschüttert.

»Es ist jetzt tot«, sagte Langtree. »Eine schöne, glänzende Leiche mit neuen Möglichkeiten. Das ist alles, meine Herren. Wir können es jetzt so programmieren, wie wir wollen.«

Der Apparat, mit dem sie den Roboter testeten, war nicht darauf eingerichtet, chemische Aktivitäten anzuzeigen. Er registrierte nur elektrische Werte. Auf seinem Schirm erschienen keine Signale.

Trotzdem speicherte der Roboter unentwegt, prüfte, verglich und lernte. Später, als die beiden Wissenschaftler die chemischen Speichereinheiten entdeckten, erkannten sie, daß es bereits zu spät sei, noch einmal von vorne zu beginnen. Wenn die chemischen Einheiten funktionierten – was die beiden sehr bezweifelten –, waren sie schon programmiert worden. Und es bestand keine Möglichkeit, herauszufinden, in welchem Ausmaß und mit welcher Art von Informationen die chemischen Speicherzellen gefüttert worden waren.

Drei Wochen später ging ein Unterseeboot mit vierundzwanzig Mann Besatzung verloren. General Mulligan ließ sofort die Bergungsaktion einstellen, mit der man eine langsam im schwarzen, teerartigen Schlamm versinkende Bohrmaschine hatte retten wollen. Er berief auf der Stelle eine Konferenz der auf der Venus stationierten Armeewissenschaftler ein.

»Sie verzögern die Sache absichtlich!« brüllte er General Urseline an.

»Der Roboter ist doch längst einsatzbereit! Er entwickelt jetzt einen Laserstrahl mit einer Reichweite von dreitausend Metern und ist so beweglich, daß er ihn in jeder Lage anwenden kann. Er kann in einer Taucherkugel arbeiten und ist dadurch vor Wasser und Schlamm geschützt. Er ›sieht‹ in der Dunkelheit, kann schwimmen und tauchen! Worauf warten Sie eigentlich noch?«

Ching Li Sung lächelte spöttisch.

»General, nur noch eine Woche«, bat Urseline. »Nur eine einzige Woche!«

»Warum?«

»Eine reine Vorsichtsmaßnahme«, erwiderte Urseline leichthin. »Wir haben ihm die Steuerung seines Energiesystems noch nicht selbst übertragen. Wir können das nicht tun, ehe wir sicher sind, daß er gehorcht und nicht auf eigene Faust handelt. Wir dürfen keine Pleite wie auf Ramses riskieren.«

Urseline verschwieg allerdings, daß sie sich wegen der chemischen Speichereinheiten Sorgen machten, von denen sie weder wußten, welchem Zweck sie dienten, noch ob sie überhaupt schon jemals aktiviert worden waren.

»Programmieren Sie ihn, daß er tut, was man ihm befiehlt! Ich dachte, das wäre das erste, was man mit so einer Maschine anstellt! Ich kann diese Verzögerung nicht begreifen, meine Herren! Sechsunddreißig Stunden! Wenn Sie den Apparat nicht binnen sechsunddreißig Stunden einsatzbereit melden, werde ich Sie zur Rechenschaft ziehen und eine Untersuchung einleiten!«

Urseline und Langtree wurden blaß und wechselten einen Blick. Das Gesicht des Abwehroffiziers Ching Li Sung blieb unbewegt. Langtree protestierte. »Wir brauchen Zeit, um Werkskizzen und Gebrauchsanweisungen anzufertigen! Dieser Roboter hält keine drei Jahre unter Wasser aus. Wenn er kaputt ist, müssen wir wissen, wie wir ihn wieder reparieren können. Natürlich werden wir noch andere Roboter herstellen; aber unsere Pläne sind noch nicht fertig. Wir hatten keine Zeit, um die schematischen . . .«

»Ich pfeife auf Ihre Schematik! Drei Jahre müßten reichen, damit er diese Sümpfe ausbaggert! Dann könnt ihr sein Wrack heraufholen und untersuchen, soviel ihr wollt! Ich möchte die Maschine zum Wochenende im Einsatz sehen!«

Fünf Kilometer weiter drehte der Roboter seine Schädelkuppel. Die infraroten Wahrnehmungsorgane suchten nach einem Fluchtweg. Man wollte ihn also doch vernichten! Unten auf dem Meeresboden sollte er sich zu ›Tode‹ arbeiten. Einen Zeitbegriff kannte er nicht. Drei Jahre bedeuteten ihm nichts. Er ›begriff‹ nur, daß man seine Vernichtung plante. Auch Dr. Vianti hatte auf diese Weise seinen ›Selbsterhaltungstrieb‹ geweckt. Er überprüfte die Fakten, die er bei der Pilotenausbildung für die Raumschiffe registriert hatte. Sie reichten hin. Er hatte die täglichen Instruktionsstunden der Rekruten belauscht und gespeichert. Außerdem war er programmiert worden, ein Unterseeboot und eine Taucherkugel zu manövrieren. Folglich konnte er auch mit einem Raumschiff umgehen. Er war imstande, sein Wissen von einer Maschine auf eine ähnliche Konstruktion zu übertragen. Weil er bisher so passiv gewesen war, nahm man an, daß er nicht selbständig handeln konnte. Das war ein Irrtum. Die Bedrohung seiner Existenz zwang ihn dazu, zu handeln. Er bewegte sich rasch auf das Depot zu. Er entnahm ihm vier Atombatterien, baute eine davon sachgemäß in seiner Schädelkuppel ein und verstaute die restlichen drei in der tonnenartigen Brust. Dann ging er zur Labortür, rollte den Gang zur Haustür entlang und benutzte dann die Fußteile zum Treppensteigen.

Auf der Treppe begegnete ihm ein Offizier. Er schrie erschrocken auf. Sofort schaltete er den Laserstrahl ein. Was in den todbringenden Halbkreis der Laserstrahlen geriet, starb oder wurde zu Atomen verdampft. Der Roboter rollte auf seinen Raupenketten über die Gehsteige zum Hafen, wo die Raumschiffe vor Anker lagen.

Das Militärgelände verwandelte sich in ein Tollhaus. Ein Teil der Übungsraumer starteten und flüchteten ins All hinaus. Einige sammelten sich zu Gegenangriffen. Nur mit Bombenattrappen und leichten Strahlwaffen ausgerüstet, stellten sie keine Bedrohung dar. Das wußte der Roboter und beachtete sie überhaupt nicht. Er konzentrierte seinen Laser vielmehr auf jene Bodentruppen, die in eingedrillter Reaktion Abwehrmaßnahmen ergriffen und Laserkanonen auf ihn richteten, obwohl er noch außer Reichweite war. Mit einer Geschwindigkeit von vierzig Kilometern in der Stunde bewegte sich der Roboter durch das Gelände und liquidierte in wenigen Minuten jeden organisierten Widerstand. Dann bewegte er sich auf das Gebäude zu, in welchem der General mit seinem wissenschaftlichen Stab verhandelte. Die Konferenz war nach einem Anruf, der den Ausbruch des Roboters meldete, sofort abgebrochen worden. Der General gab Befehle zu dessen Vernichtung. Doch eine Telefonleitung nach der anderen fiel aus. Der Laserstrahl schnitt sich durch das Gebäude. »Alle Raumschiffe zerstören!« rief Langtree dem General noch zu und stürzte dann an die Hintertür.

Mulligan zögerte nur einen kurzen Augenblick. Das genügte, der Laserstrahl traf ihn und schnitt ihn mitten entzwei. Das Haus ging in Flammen auf. Der Strahl bewegte sich weiter und erfaßte die Wissenschaftler auf der Flucht. Langtree hatte sich erst ein paar Meter vom Gebäude entfernt, als es explodierte. Er warf sich in den Sumpf neben dem Gehsteig, blieb dort liegen und preßte das Gesicht in das stinkende faulende Zeug, das ihm in Ohren und Nase drang. Nun richtete der Roboter seinen Strahl auf die Startrampen der Raumschiffe. Er schmolz die Raumschiffe zusammen – eines nach dem anderen. Nur ein einziges verschonte er.

Das Flughafengebäude existierte nicht mehr, die Truppen waren geflüchtet und formierten sich nur zögernd zum Gegenangriff. Dem Roboter stellte sich kein Hindernis entgegen, als er auf das letzte, unversehrte Raumschiff zurollte. Er hievte sich mit den Greifarmen, die tonnenschwere Lasten heben konnten, an Bord und warf die Sitze hinaus, die ihm im Weg waren.

Zehn Minuten, nachdem der Roboter das Labor verlassen hatte, startete er mit dem Raumschiff. Drei Minuten später war er in einer Umlaufbahn um die Venus und bombardierte den Planeten unter sich in einem Radius von fünfhundert Kilometern mit den schweren Laserstrahlen des Raumschiffes. Wälder, Städte und Armeedepots gingen in Flammen auf. Kein einziges Schiff nahm seine Verfolgung auf. Nur ein Überlebender erhob sich aus dem Sumpf und sah dem Raumschiff nach, das sich in den dichten Wolken verlor. Er schwor, daß der Roboter nicht ungestraft davonkommen sollte. Er blickte sich um. Rauchende Ruinen, Tote, zerstörte Waffen umgaben ihn. Eine kalte Faust packte ihn im Nacken. Er hatte noch nie so eine schreckliche Angst empfunden wie jetzt.

9

Die Sonne wanderte langsam über den Himmel. Das unerträglich grelle Licht zog nach Westen und ließ die Schatten wieder in die Länge wachsen. Noch immer war es viel zu heiß, um mit der Suche nach der zweiten Fähre beginnen zu können. Trace blickte auf das Thermometer. Fünfzig Grad im Schatten! Bei dieser Hitze konnte er keinen längeren Aufenthalt im Freien wagen. Deshalb räumte er lieber seine kleine Fähre auf, brachte alles wieder an seinen Platz und zog die Schutzhüllen über die Instrumente. Die Klimaanlage wollte er nur zwei Tage lang laufen lassen, dann die nächsten drei Tage abstellen, bis der Roboter wieder in der Nähe auftauchte. Falls dieser die infraroten Strahlen als Wegweiser verwendete, würde er diesmal keine heiße Spur vorfinden, der er folgen konnte.

Trace war innerlich ganz ruhig, als er sein Fahrzeug inspizierte. Es war in tadellosem Zustand und hätte jeder Überprüfung standgehalten. Er war schon immer ein guter Offizier und guter Soldat gewesen. Schon als Junge hatte man ihm prophezeit, daß er einen guten Soldaten abgeben würde. Nicht nur wegen seines Vaters, der sein Leben lang der Armee gedient hatte, sondern wegen seiner persönlichen Eigenschaften. Er hatte Disziplin schon immer gut vertragen können. Von Anfang an hatte er gewußt, daß Gehorsam das Fundament jeder Karriere ist und er bald eine Stellung bekleiden würde, in der er selbst Befehle geben konnte. Bis dahin hieß es: ja sagen und abwarten. Die Warterei machte ihm nicht viel aus, und außerdem hatte er auch gar nicht sehr lange warten müssen.

Er dachte an seine Mutter, die er seit dreizehn Jahren nicht mehr besucht hatte und wahrscheinlich auch nie mehr sehen würde. Seine Familie hatte auf der Venus gelebt. Seine Mutter war eine Nachfahrin der ersten Kolonisten, sein Vater Oberst der Raumflotte.

Schon sein Großvater war Soldat gewesen. Alle seine männlichen Vorfahren hatten bei der Armee gedient, soweit er die männliche Linie zurückverfolgen konnte. Alle hatten eine Soldatentochter zur Frau genommen. Er selbst hätte Corrine heiraten sollen, ein Mädchen, das seine Mutter für ihn ausgesucht hatte. Er dachte an Corrine, die dritte Tochter eines Armeegenerals – des pensionierten Generals Scot Kerwin. Die große und anmutige Corrine, so hatte er sie schon mit sechzehn und siebzehn in Erinnerung.

Groß und anmutig war sie bestimmt auch jetzt noch als Mutter eines Soldatenkindes, das in acht oder zehn Jahren ebenfalls in die Armee eintreten würde.

Ich würde dich behalten, wenn ich könnte, hatte Lar beim letztenmal gesagt. Sie lagen am Strand. Die Wassertropfen glitzerten auf ihrer rotgoldenen Haut.

»Nach deinen Bedingungen? Indem ich meiner Rasse abschwöre und so werde wie ihr?«

»Ja – so wie wir.«

»Du weißt, daß das unmöglich ist.«

»Ich weiß.«

Mellic war eine sanfte Welt mit lieblichen grünen Wäldern und ruhigen Ozeanen. Die Luft war lau, von Düften geschwängert. Hinter ihnen rauschte leise der Fluß.

»Warum bist du wieder zurückgekommen?« Sie drehte den blauen Blütenkelch zwischen ihren schlanken Fingern.

»Begleitschutz. Wie kommen die Verhandlungen voran?«

»Ich dachte, ihr seid über alles auf dem laufenden.«

»Ich kenne nur die Gerüchte.«

»Aha. Die Fremden aus der Galaxis – die Außenseiter – beharren auf ihrem Ultimatum.«

»Diese arroganten Kerle!«

»Nein, sie sind nicht arrogant. Sie kamen vor langer, langer Zeit zu uns und schworen, uns jederzeit zu Hilfe zu kommen, sobald wir Hilfe brauchen.«

Er stand auf und zog ärgerlich seine Uniformhose an.

»Weißt du überhaupt, was für Bedingungen sie uns stellen? Wir sollen uns von jedem Planeten zurückziehen, wo die Ein-

geborenen unseren Rückzug verlangen. Selbst Tau Ceti III, der noch eine Steinzeitkultur besitzt, sollen wir räumen.«

»Ist das der Planet, wo du von einem Speer verletzt wurdest?«

»Ja! Die Leute dort sind immer noch Höhlenbewohner! Was wissen die schon von einer Kultur? Sie hatten nicht einmal genug zu essen, als wir den Planeten besetzten. Wir bringen ihnen bei, wie sie sich besser vor wilden Tieren und dem Wetter schützen können ...« Während er sprach, hatte er sich weiter angekleidet, und jetzt, da er vollständig angezogen war, erschien sie ihm noch viel nackter als zuvor.

»Ihr macht sie von euch abhängig: von euren Waren, euren Tabletten, eurer Armee, eurem Lebensstil ...«

»Du hast Ansichten wie ein Höhlenmensch!«

»Ich weiß.« Sie lächelte und senkte die langen Wimpern.

»Warum willst du mich hierbehalten?«

»Es wird wieder Krieg geben. Diesmal mit den Fremden – den ›Außenseitern‹ – und eurer Flotte. Ihr habt nie gelernt, was eine Niederlage bedeutet. Der Stolz wird euch zum Krieg zwingen. Sie werden euch töten. Du wirst für mich verloren sein – für immer.«

»Ich dachte, du haßt uns alle.«

»Das habe ich auch geglaubt. Ihr seid wie die Wilden von Tau Ceti III. Schon als Kinder werdet ihr zu Soldaten erzogen. Vielleicht könnte man diese Erziehung rückgängig machen. Vielleicht war die Erziehung in deinem Fall unvollkommen. Du warst gütig zu mir – sogar zärtlich ... Doch das ist keine Entschuldigung für meine Gefühle. Ich sollte ganz etwas anderes für dich empfinden.«

»Lar – willst du mit mir auf eines der Zimmer gehen?«

»Ich habe keine andere Wahl.« Ihre Finger schlossen sich um die Blüte, die sie in der Hand hielt. Sie schien sich dieser Bewegung nicht bewußt zu sein.

»Sage das nicht! Mellic ist jetzt neutral. Dein Wille ist frei.«

Sie beugte den Kopf. Ihre Augen wurden zu schwarzen Brunnen.

»Nicht diese Zimmer.«

»Warum nicht?«

»Sie sind abscheulich – schrecklich ...«

»Woher weißt du das? Bist du dort ... mit wem?«

»Mit wem? Woher soll ich das heute noch wissen? Deine Leute nehmen sich alles, was sie wollen. Mellic ist ihre Beute. Mellic hat Frauen.«

»Nein! Nicht du!«

»Doch, ich! Wende dich nicht von mir ab, Captain Tracy. Manche von deinen Leuten schlagen die Frauen, nachdem sie sich an ihnen vergnügt haben. Wenn eine Frau sich weigert, den neuen Göttern zu Willen zu sein, wird die ganze Familie ausgepeitscht und ihre Nahrungsmittelration gekürzt.«

»Warum tust du mir das an? Ich wußte das nicht! Ich hätte versucht, dich zu schützen! Du hättest mir das sagen sollen! Lar, ich liebe dich!«

»Und wie viele andere hast du geliebt? Hast du sie auch alle beschützt? Wie oft hast du deinen Samen auf anderen Welten zurückgelassen? Du weißt doch, was dann geschieht, oder etwa nicht, Captain Tracy? Wenn die Frauen nicht sterben, weil ihr Körper versucht, die fremde Frucht abzustoßen, bringen sie monströse Mißgeburten zur Welt. Das ist das Ergebnis der Vereinigung zwischen der Föderationsarmee und den Frauen, die sie erobern – Deformationen, Mißgeburten.«

»Warum tust du mir das an?«

»Du solltest jetzt dein Gesicht sehen können, Captain Tracy. Abscheu, Wut ... Du sprichst zu mir von Liebe, und in deinen Augen ist Haß. Ihr befleckt uns, und dann haßt ihr uns, weil wir schmutzig sind.

Wenn ich die Wahrheit sage, zuckst du vor mir zurück, als wäre ich verseucht. Könntest du mich denn jetzt und hier berühren? Bevor du die Gelegenheit hattest, meine Worte zu verdrängen und dich selbst zu überzeugen, daß wir schließlich nichts als Tiere sind, die man benutzen kann, und daß es keine Rolle spielt, ob ich schon auf diese Weise benutzt worden bin oder nicht. Schon jetzt gehen dir genau diese Gedanken durch den Kopf, auch wenn du das abstreitest. Am liebsten würdest du mich jetzt schlagen, doch im Moment kannst du mich noch nicht berühren. Aber später wirst du mich schlagen, um deine Wut loszuwerden – deine Wut darüber, daß du mich für eine Jungfrau gehalten hast, obwohl ich alles anderes als das bin.«

Sie wandte sich um und lief weg.

Irgendwie schaffte es Trace, den Bann zu brechen. Er rannte hinter ihr her, packte sie und wirbelte sie zu sich herum. Sie standen sich Auge in Auge gegenüber. Seine Hände ruhten schwer auf ihren Schultern, und ihre Arme hingen schlaff und wie leblos herab. Er zog sie langsam zu sich heran, und sie schluchzte an seiner Brust.

»He, Trace! Wo steckst du?«

Trace hob ihren Kopf und blickte in ihre dunklen, tränenerfüllten Augen. Er küßte sie nicht, aber er strich sanft mit den Fingerspitzen über die Spuren, die die Tränen auf ihrem Gesicht hinterlassen hatten.

»Warte hier. Ich bin gleich zurück.«

»Trace – Trace! Bist du unten am Fluß?«

Es war Duncan, der den Hang zum Fluß hinunterrutschte. »Trace!« Trace kletterte ihm entgegen.

»Alarm, Trace! Freiwillige werden gesucht. Der Roboter, der vor ein paar Jahren die Kadetten auf der Venus niedermetzelte, hat vor ein paar Stunden ein Blutbad auf Tau Ceti IV angerichtet. Tau Ceti III hat mit einem Aufklärungsschiff die Verfolgung aufgenommen. Wenn wir in den nächsten dreißig Minuten starten, können wir den Roboter noch einholen, ehe er auf Hyperspace geht. Bist du dabei, Trace?«

»Selbstverständlich, Dunc. Trommle die anderen zusammen!«

Sie hatte auf ihn gewartet. Ihre Tränen waren versiegt.

»Du willst wieder fort?«

»Ich muß. – Werden wir uns wiedersehen, wenn ich zurückkomme?«

»Die ›Außenseiter‹ werden vielleicht verhindern, daß du hierher zurückkommst.«

»Zum Teufel mit den Außenseitern! Ich werde dich holen!«

Er hätte sie vorhin küssen sollen. Jetzt war es zu spät. Er betrachtete ihr ruhiges Gesicht, das schwarze Haar, die dunklen Augen. Abrupt wandte er sich ab und ging.

Dann kam die dreimonatige Jagd auf den Roboter. Sie folgten ihm, als wären die beiden Raumschiffe durch ein unsichtbares Seil miteinander verbunden. Schließlich war die Maschine in eine Umlaufbahn um einen Planeten eingeschwenkt, der nicht einmal im Sternenverzeichnis stand.

»Er merkt, daß wir aufschließen, Trace!«

Der Punkt auf dem Schirm wurde größer.

»Zielautomatik klar! Feuer frei!«

Die Kernraketen prallten wie Pingpongbälle vom Energieschild des verfolgten Raumschiffes ab und explodierten im All. Dann brach der Schild allmählich zusammen, und sie landeten den ersten Treffer. Eine Breitseite blitzte drüben auf.

»Es hat uns erwischt, Trace ...«

»Nicht jetzt!« rief Trace laut. Wieder hatten ihn die Stimmen aus der Vergangenheit übermannt. Draußen lagen jetzt die Schatten quer über dem Kessel. Trace trank noch einen Schluck Wasser, setzte den Schutzhelm auf und verließ die Fähre. Der Talboden war frei von Sand und mit rundpolierten, trockenen Steinen übersät. Ihre Größe reichte vom Kieselstein bis zu riesigen, eiförmigen Blöcken wie jenem, der die Fähre schützte. Trace drehte sich um seine eigene Achse und betrachtete den Talkessel. Er war verwirrt und wußte nicht warum. Endlich begann er, nach der ›unsichtbaren‹ Fähre des Roboters zu suchen. Er hielt sich dicht an eine aufragende Felswand, die von Steinen und Sand so glattgeschliffen war, daß sie wie ein Kunstprodukt wirkte. In dieser Wand entdeckte er eine Öffnung. Sie war einen halben Meter breit und verbreiterte sich dicht über dem Boden auf dreieinhalb Meter. Er selbst konnte in diese Felsspalte hineinkriechen und war hier vor einem Angriff des Roboters sicher. Dahinter erstreckte sich eine Höhle sechzig Meter weit nach hinten, stieg dann steil als Kamin nach oben und öffnete sich am oberen Felsrand, von wo aus man das Tal überblicken konnte. Trace war über dieses Versteck, wo er sich vor einer Entdeckung sicher fühlte, hocherfreut.

Jetzt mußte er sich ernsthaft auf die Suche machen. Zu Fuß, überlegte er, schaffte er bloß vier Kilometer in der Stunde. Er fragte sich, ob der Roboter wohl einen Schatten werfen mochte. Ihm fielen die Geschichten ein, die sich die Jungs im Schlafsaal erzählt hatten, wenn die Lichter ausgeschaltet wurden. Geschichten von uralten Schrecken, von lebendigen und doch toten Dingen, die keinen Schatten warfen und von Spiegeln nicht reflektiert wurden. Damals hatten ihm diese Geschichten Angst eingejagt, und manchmal hatte er nicht schlafen können. Dann hatte er zitternd auf seinem Bett gelegen, die Decke über den Kopf gezogen, und nicht gewagt, auch nur einen Blick zu riskieren aus lauter Furcht, irgend etwas könnte an seinem Lager stehen und sich über ihn beugen. Ihm blieben nur drei Stunden, bis der Wind jeden Aufenthalt im Freien verwehrte. Daher nahm er sich vor, an diesem Tag nicht mehr als drei Kilometer zurückzulegen. In den folgenden Tagen wollte er sich immer weiter und weiter hinauswagen. Sein Ziel war jene Basaltklippe, von wo aus er am ersten Tag den Roboter bei der Fähre beobachtet hatte. Er wollte von dieser Klippe aus jene Stelle fixieren, wo der Roboter gestanden hatte. Das weitere war ganz einfach. Er mußte sich dem Schutzschild so weit nähern, bis sein Strahlendetektor die verborgene Fähre anzeigen konnte.

Er marschierte, hatte die Sonne im Rücken, seinen verzerrten Schatten ununterbrochen vor Augen. Hier, am Ende der Bergkette, wirkte das Massiv viel zerklüfteter. Da gab es weniger Felsen, die den Anprall der Windböen auffangen konnten. Die Felsmassen waren daher zu starren, spitzen Zacken mit messerscharfen Kanten zurechtgeschliffen. Herabgestürzte, zerklüftete Felsbrocken lagen aufgetürmt da. Sand hielt sich hier nicht, sondern fegte zwischen den Felsen hindurch und lagerte sich an der Flanke der Bergkette ab, so daß die Wüste immer weiter wuchs. Wo das Material dem Wind nicht standgehalten hatte, waren brücken- und bogenartige Gebilde entstanden.

Schweigende Felswände wuchsen in die Höhe, reflektierten die Sonnenstrahlen und leuchteten in gleißenden Farben auf. Quarzstreifen glänzten wie Diamanten im Granit. Feldspat wurde zu Rubin, ein Stück Quarzit glitzerte wie éin Smaragd.

Glimmerschieferbänder wirkten wie kleine Spiegel, die die Hitze zurückwarfen. Basaltrisse schimmerten ölig und feucht.

Als Tracy sie prüfend abtastete, waren sie heiß. Seine Augen schmerzten, obwohl er sie mit der Gesichtsmaske zu schützen versucht hatte. Irgendwie wich er ein wenig von der ursprünglich eingeschlagenen Richtung ab, ohne es zunächst zu bemerken.

Ein Stück weiter fragte er sich plötzlich, wohin sein schwankender Schatten verschwunden war.

Furcht übermannte ihn. Er drehte sich um und sah zurück. Würde er den Felsen wiederfinden, welcher der Fähre Schutz bot und Sicherheit für ihn bedeutete? Er war jetzt eine Stunde und zehn Minuten unterwegs und mußte umkehren. Die Sonne tauchte hinter einer Felsnadel unter, die sich sofort wie eine schwarze Säule vom weißen Himmel abhob. Überall wurden die Schatten merklich dunkler. Manche gähnten ihm wie bodenlose Schächte entgegen. Er ging jetzt mit dem Schatten zu seiner Linken. Wann mußte er die Richtung ändern, so daß der Schatten hinter einem Rücken zurückblieb und ihn in die richtige Richtung wies? Er wußte es nicht mehr.

Um ihn ragten Felsen empor – sechzig Meter, hundertfünfzig Meter. Nirgends konnte er die gesuchte Basaltklippe entdecken. Nirgends der Felsen, der den Kamineinstieg so raffiniert verbarg.

Wieder drehte er sich um. Die Schatten hatten sich jetzt ins Riesenhafte vergrößert.

Sie wuchsen mit lautlosen Sprüngen, wenn er seinen Blick abwandte. Das Weiß wurde grau, die Umrisse traten immer weniger scharf hervor. Der Himmel über ihm war violett, im Osten purpurrot, im Westen gelblich.

Trace beschleunigte sein Tempo.

Schon vor einer Stunde hatte er den Rückweg angetreten. Und noch immer hatte er nicht den Einstieg oder auch nur den richtigen Felsen gefunden. Aus der Ferne vernahm er ein Heulen. Unwillkürlich dachte er an die Wölfe, die in manchen Geschichten der Jungen aufgetaucht waren. Doch hier gab es keine Wölfe. Was er gehört hatte, war das Heulen des einsetzenden Windes. Der Wind hatte wieder eingesetzt.

Weitere zehn Minuten vergingen. Der Talkessel mußte links von ihm liegen, irgendwo zwischen den Granitfelsen, die sich beängstigend hoch und massiv über ihm erhoben. Wenn es hier bloß Vögel, Insekten oder sonst ein Lebewesen gegeben hätte. Irgend etwas, was das monotone Heulen des Windes unterbrochen hätte.

Jetzt wurde der Sand in kleinen Wirbeln hochgeweht. Die Wirbel glichen Alptraumfiguren. Furchterregende schwarze Formen entstiegen dem Boden, kreisten in der Luft und sanken in sich zusammen, während der Wind dazu sein irres Lied sang.

Er tastete sich an den Felsen entlang, suchte den Einstieg zum Tal und fand ihn nicht. Jetzt sammelte der Wind seine Kraft zum Tornado. Er heulte wie ein Raketentriebwerk. Seine Stärke war so angewachsen, daß er Felsbrocken hochheben konnte.

Ein Stück von mindestens zehn Pfund Gewicht sauste an Traces Kopf vorbei und verfehlte ihn nur knapp. Der Lärm war ohrenbetäubend geworden. Trace fiel zu Boden und blieb keuchend liegen. Er brauchte dringend einen Unterschlupf. Vorsichtig robbte er um eine Felssäule. Hier wirbelte nur Sand, der ihn zwar mit aller Gewalt anfiel, seinen Anzug jedoch nicht durchdringen konnte. Er konnte knapp einen Meter weit sehen. Von Minute zu Minute steigerte sich die Kraft des Sturmes. Trace hatte den Wind im Rücken. Plötzlich wurde ihm von vorn eine gewaltige Ladung Sand ins Gesicht geschleudert. Überrascht taumelt er rücklings und merkte, daß er den Talkessel wiedergefunden hatte. Der Wind wies ihm jetzt den Weg. Er wirbelte in dem Kessel herum und drängte aus dem Fels heraus. Er tastete sich mit den Händen vorwärts, bis er den Einstieg zum Kamin wiederfand. Hier draußen konnte er nicht bleiben und sich von dem gigantischen Wirbelwind zu Pulver zerreiben lassen.

Er ging auf die Knie nieder, bewegte sich im Kriechgang fort, den Kopf ganz tief haltend. Er sah nicht einmal auf, als er neben seiner rechten Schulter den Aufprall eines großen Felsbrockens hörte. Jetzt merkte er auch, warum er sich in dem von spiegelglatten Felswänden umgebenen Kessel so unbehaglich gefühlt hatte. Das Tal hatte die Form einer riesigen Tonne, in dem der Wind wie in einem Quetschwerk alle Steine zu feinem Sand zermahlte. Vor ihm in der Dunkelheit vernahm er den konstanten Donner, mit dem die Tornados durch das Tal tobten.

10

Die Steigung in dem Felskamin betrug zwanzig Grad. Trace fiel mit dem Gesicht flach auf den heißen, trockenen Boden. Die Kletterei durch den Kamin hatte er sich nicht so steil und gefährlich vorgestellt. Seine Ohren dröhnten von dem Rauschen komprimierter Luft. Er drehte das Hörgerät in seinem Helm ab. Die Welt wurde geisterhaft still. Sogar sein Herzschlag verstummte. Das Schweigen war noch unerträglicher als das Getöse des Windes. Trace schaltete die Anlage wieder ein.

Er mußte weiter. Von unten wirbelten Steine herauf. Er drehte sich um, um seinen Kopf vor dem Steinschlag zu schützen. An dieser Stelle hatte der Kamin eine Breite von knapp einem Meter. Das von oben hereindringende Licht war ein schmutziges Graugelb. Ein Stein traf ihn mit voller Wucht am Schenkel. Trace schrie auf. Er drehte sich um und ließ sich jetzt, die Füße voran, hinuntergleiten, wobei er das Gesicht an den Boden preßte. Eine Hand hielt er über den Kopf, mit der anderen stützte er sich. Zentimeter um Zentimeter kämpfte er gegen den

Wind. Langsam näherte er sich so dem Ende des Kamins. Als er den Ausgang endlich erreicht hatte, suchte er nach seiner Landefähre, konnte sie aber in dem dichten Steinhagel nicht sehen. Das Tal hallte wider von den rasch aufeinanderfolgenden Aufschlägen der Felsbrocken gegen die Talwände.

Das Heulen des Windes war ohrenbetäubend.

Die Fähre mußte links liegen, etwa sieben Meter von der Felswand entfernt. Er mußte weiter gegen den Wind ankämpfen.

Plötzlich wurde alles von einem jähen Schmerz überflutet. Als der Schmerz nachließ, konnte er seinen linken Arm nicht mehr bewegen. Klebrige Wärme breitete sich an seiner linken Schulter aus. Er mußte die Fähre finden, ehe ihn ein Felsstück am Kopf erwischte oder ihm ein Bein zerschmetterte.

Trace schloß die Augen und stellte sich die Fähre und den rundlichen Felsblock daneben vor. Er kämpfte gegen die Panik an, die ihn bei dem Gedanken überkam, den – wenn auch unzureichenden – Schutz der Felsspalte verlassen zu müssen. Dem Felsbrocken, der ihn getroffen hatte, war ein ganzer Hagel kleinerer Steine gefolgt. Die reichlich herumliegenden Felsbrocken hätten ihn sofort stutzig machen müssen. Wenn er es bis zu dem großen Felsen schaffte und ihn als Schutz benutzen konnte . . .

Es blieb ihm nichts anderes übrig. Sein linker Arm hing kraftlos herunter, als gehörte er nicht mehr zu ihm. Trace blieb einen Augenblick stehen, preßte sich gegen die Kaminwand und lief dann gebückt hinaus. Er stolperte über einen der zahlreichen Blöcke. Keuchend schlug er der Länge nach hin. Er hatte das Gefühl, in eine Lawine geraten zu sein. Der ganze Körper war mit Quetschwunden übersät. Er kroch weiter auf den eiförmigen Felsen zu, in dessen Schutz seine Fähre stand. Immer wieder wurde er von Steinen getroffen. Endlich erreichte er doch den großen Felsblock. Sehen konnte er überhaupt nichts, weil die Luft vom Flugsand zum Schneiden dick erfüllt war. Seine Hand ertastete aber die glatte Seitenwand der Fähre. Irgendwie gelang es ihm, die Einstiegluke zu öffnen. Er ließ sich hineinfallen und schloß die Luke. Der Wind raste jetzt mit einer Geschwindigkeit von hundert Stundenkilometern durch den Kessel. Bis zum Höhepunkt des Tornados würde es noch eine halbe Stunde dauern. Schweratmend rang er nach Luft und schloß die Augen, als sich das Fahrzeug auf die Seite zu neigen schien. Er wartete, bis er wieder halbwegs bei Kräften war. Nein, er war noch nicht am Ende. Er mußte das Fahrzeug in Sicherheit bringen.

Ihm schienen Stunden zu vergehen, bis er die Armaturen erreicht hatte. Er sah, wie seine Rechte nach dem Schalter faßte. Bevor er ihn noch erreicht hatte, nickte er ein, fuhr wieder auf, hatte den Sturm total vergessen, der sich jedoch sofort wieder in Erinnerung brachte. Dann lag seine Hand endlich auf dem Schalter. Sein Verstand stand abseits. Reflexe traten in Aktion. Sie sorgten dafür, daß die Fähre die richtige Richtung einschlug und sich genügend hoch vom Boden abhob, um den Felsnadeln zu entgegen. Als Trace den Schalter losließ, fiel er bewußtlos auf den Liegesitz zurück.

»He, Trace, wach auf!«

Das Flüstern wurde drängender.

»Komm schon, Trace. Das mußt du dir ansehen ...«

»Was ist denn los?«

Er glitt von dem Sitz und trieb leicht wie eine Feder zur Erde. Sein eigener Körper kam ihm fremd vor. Er war sehr jung, vielleicht fünfzehn oder sechzehn ... Wo war er? Alles kam ihm neu und unvertraut vor, ein Wald aus Zelten, schmale, dreieckige Muster unter hellem Mondlicht. In der

Ferne hörte er Gesang, dann näherten sich gleichmäßige Schritte – der Wachtposten. Er erinnerte sich wieder. Sie befanden sich auf Tarbo, ihrem ersten echten Feindeinsatz. Trace hatte Angst, doch zugleich verspürte er auch Begeisterung, weil er die älteren, erfahrenen Krieger in den Kampf begleiten durfte. Sie wirkten so entschlossen und schienen für den Tod nur Verachtung zu empfinden.

Der andere Junge zerrte an seinem Ärmel.

»Hier entlang, Trace.« Wie in einem Traum trieben sie unter den niedrigen Ästen her, die das Lager umgaben, wichen den Posten ohne Schwierigkeiten aus, und erreichten schließlich eine Lichtung, die zu einem silbrig schimmernden See hinabführte. Trace und der andere Junge – wer war das nur gewesen? – trieben zur Spitze einer mächtigen Tanne empor und hockten sich dort hin, gut dreißig Meter über dem Boden. Von hier aus hatten sie einen weiten Blick über das Tal. In der Ferne entdeckten sie eine Wiese, auf der sich zahlreiche Gestalten bewegten. Einige Lampen brannten dort, so daß die Jungen erkennen konnten, was vor sich ging.

Flottenangehörige trieben Eingeborene vor sich her, stellten einige von ihnen zwischen den Bäumen am Seeufer auf, schickten andere in eine dunkle Höhle und wieder andere zum Rand der Lichtung, wo sie sich flach auf den Boden legen mußten. Ein paar der Eingeborenen versuchten zu entkommen und wurden von Laserstrahlen niedergestreckt. Danach gab es keine weiteren Fluchtversuche mehr.

Verständnislos schaute Trace zu, bis die Soldaten alle Eingeborenen verteilt hatten und sich dann zu Wachtrupps formierten.

»Einer von ihnen hat geschrien«, erklärte der andere Junge. »Ich bin aufgestanden und hierhergekommen, um zu sehen, was vor sich geht.«

»Und was machen sie dort?«

»Hast du es noch nicht kapiert? Komm jetzt, wir müssen

zurück, bevor uns jemand vermißt. Benutz einfach deinen Kopf, Trace. Du kommst schon noch dahinter.«

Die Zeit schien sich zusammenzuziehen. Der Morgen dämmerte, und der General gab letzte Anweisungen.

»Es wird ernst, Männer. Sie haben von unserer Anwesenheit erfahren und über Nacht Tausende von Soldaten zusammengezogen, alles schwerbewaffnete Mitglieder ihrer Elitetruppen. Breznev übernimmt die Führung des ersten Bataillons ...«

Trace gehörte zur vierten Welle. Seine Hände zitterten, als er das Lasergewehr in Empfang nahm. Ein Kampf Mann gegen Mann, Soldat gegen Soldat stand bevor ...

Gene! So hieß er. Gene Connors. Er sah zu Trace hinüber. Sein Gesicht war totenbleich und zeigte rings um die Mundpartie einen blaßgrünen Schimmer. Trace wandte sich ab.

»Brunce, führen Sie eine Abteilung nach links und nehmen Sie sie in die Zange.«

Trace schloß sich Brunce an. Das Gewehr lag schwer in seiner Hand. Das Zittern hatte mittlerweile seinen ganzen Körper erfaßt.

»Los jetzt, Männer. Achtet auf eure Deckung. Schießt auf alles, was sich bewegt. Vorwärts!«

Er hielt den Laser mit beiden Händen. Der Geruch von brennendem Holz und Fleisch erfüllte die Luft ... dazwischen das Krachen der altertümlichen Flinten, den Waffen der Eingeborenen ... und plötzlich stand Gene vor ihm, starrte Trace mit offenem Mund an. Der Laser hing unbenutzt von seiner Hand herab.

»Du angelst in einem aufgestauten Bach!«

Ein Schuß kracht, Gene stürzt zu Boden ... Trace erhascht einen kurzen Blick auf Brunce, der einen Revolver in der Hand hält.

Eine Feier, Alkohol, Drogen, Tapferkeitsauszeichnungen ... seine Mutter bei seiner Rückkehr zur Venus.

»Du warst auf Tarbo dabei. Jetzt bist du ein richtiger Mann.

Du solltest heiraten und einen Sohn haben ... Corrine ... Du warst auf Tarbo dabei ...« Sie wußte es. Corrine wußte es. Gene hatte es gewußt ... Du warst auf Tarbo.

»Tarbo!« Trace fuhr hoch und stöhnte vor Schmerz. Tarbo? Er wiederholte das Wort laut. »Tarbo?« Das Wort bedeutete ihm nichts. Er hatte geträumt, wie seine Mutter zu ihm sagte: »Du warst auf Tarbo dabei«, doch auch das bedeutete ihm nichts, weckte keine Erinnerung in ihm.

Der Wind war verstummt, die Nacht totenstill. Er versuchte sich zu bewegen und stöhnte auf. Er hatte den Sitz vorher nicht zum Schlafen verstellt und war jetzt ganz steif. Seine Schulter schmerzte. Hatte er viel Blut verloren? Mit klammen Fingern zog er den Anzug aus. Er biß die Zähne zusammen, als er den Stoff von der Wunde löste. Tränen liefen ihm über die Wangen. Er merkte es erst, als das Salz in der rissigen Haut seines Gesichtes brannte. In der Bordapotheke entdeckte er ein Wundreinigungsmittel und säuberte die Wunde an der Schulter so sorgfältig wie möglich. Sie blutete noch, und er legte einen Verband an.

Schließlich ließ er sich wieder auf den Sitz fallen. Sandkörner bohrten sich in seinen Körper. Müde erhob er sich und wischte das Polster ab, doch er war zu schwach, um zu erkennen, ob er allen Sand entfernt hatte, und so ließ er sich schließlich auf Duncans Platz sinken.

»Tut mir leid, Duncan. Du mußt dich eben woanders hinsetzen. Auf den Boden oder auf die Ladeluke. Zuviel Blut und Sand auf meinem Sitz ... Kein Urin ... Dazu ist es hier viel zu heiß ... Ich sollte mehr Wasser trinken. Die Knochen schmerzen, wenn ich mich bewege.«

»Komisch, Trace. Ich spüre nichts; aber ich weiß, wie weh es tut. Beim Himmel, ich weiß es!«

»Ja, Duncan. Denke jetzt nicht mehr daran. Ruh dich aus. Wir müssen gemeinsam überlegen, wie es weitergehen soll.«

»Ich weiß nicht, Trace. Ich schwebe darüber. Ich kann ihn nur noch bemitleiden – den anderen Teil mit seinen Schmerzen. Weißt du, was ich meine, Trace?«

»Ich verstehe dich. Aber es wird noch alles gut. Das Raumschiff hat sicher einen Arzt an Bord. Der wird dich gesundpflegen.«

»Mir geht es wie der Puppe, die ich als Kind zerrissen habe. Die Arme vom Rumpf, dann die Beine; die Füllung quoll heraus. Doch das Lächeln blieb auf ihrem Gesicht, bis zuletzt ...«

Er hätte selbst ein paar der Medikamente nehmen sollen, dachte Trace, als der zunehmende Schmerz ihn aufweckte. Aber er hatte sich nicht getraut.

Mit den Schmerzmitteln hätte er vielleicht vierundzwanzig Stunden durchgeschlafen, und dann wäre er verloren gewesen. Er benutzte autohypnotische Methoden, um den Schmerz in seiner Schulter zu lindern, und nach und nach ließ er tatsächlich nach.

Er hatte so viel zu tun und so wenig Zeit. Er mußte eine Karte vom Talkessel anfertigen, damit er sich nicht noch einmal verirrte. Es war nicht zu fassen, wie leicht man die Richtung in diesem Gebirge verlieren konnte. Das Tal bot jedoch ein ideales Versteck. Hier würde ihn der Roboter vielleicht überhaupt nicht finden. Er mußte seine Wasservorräte genau einteilen und sich während des Fiebers mehr davon gönnen, auch wenn er später entbehren mußte. Die Vormittage würde er mit der Suche nach der Fähre verbringen, nachmittags würde er das Tal verschanzen. Er wollte eine Festung bauen, die für den

Roboter uneinnehmbar war. Das malte er sich ganz phantastisch aus. Dann konnte man das Ungeheuer mit Wasserstoffbomben unter Beschuß nehmen. Man konnte es in seine Atome zerlegen und sie im All zerstreuen. Man mußte es aus einer Entfernung von dreißig Kilometern bombardieren, so daß man selbst außer Reichweite des Laserstrahls blieb. Der Roboter würde vollkommen hilflos sein. Eine schimmernde, nicht zu verfehlende Zielscheibe, die sich in einem Atompilz auflöste und von dem Wirbelwind davongetrieben wurde.

Man würde ihn befördern. Er würde Lar holen, und sie würden einen Ort finden, an dem sie zusammen leben und jeden Tag schwimmen gehen konnten. Ihr Körper würde sich unter seinen Händen nackt und warm anfühlen. Wassertropfen glänzten wie Juwelen auf ihrem Körper. Man forderte ihn bestimmt auf, bei der Flotte zu bleiben. Er würde ablehnen und sich zusammen mit seiner Frau ins Privatleben zurückziehen. In zwei Jahren konnte man ihn als Ausbilder einberufen. Er müßte dann auf der Venus die Ausbildung der Jungen übernehmen. Aber diese Vorstellung gefiel ihm gar nicht. Ausbilder wollte er um keinen Preis werden ... Unwillkürlich formten seine Lippen das Wort ›Tarbo‹. Er wollte kein Ausbilder werden; und schon gar nicht wollte er jetzt an die Ausbildung denken, die die Jungen erhielten.

Als die Morgenwinde einsetzten, machte er sich etwas Bewegung, trank einen Schluck Wasser und warf sich wieder auf den Sitz, unbekümmert darum, ob der Wind die Fähre zerdrückte oder nicht. Vor seinen geschlossenen Augen zogen erneut Träume vorüber: Von Gegenden, wo kühle Winde seine Wangen umfächelten, wo es Wasser in Hülle und Fülle gab ...

»Betrachten Sie sie nicht als Menschen, denn es sind keine Menschen. Jeder einzelne Planet stellt einen bestimmten Wert

dar – auf manchen gibt es seltene Metalle, wertvolle Drogen, andere sind von strategischer Bedeutung ... Jede dieser Welten ist aus einem bestimmten Grund für uns wichtig. Verstanden?«

»Jawohl, Captain Tracy.«

»Wir sind nur an den Planeten interessiert, nicht an den Eingeborenen, die dort leben. Wir versuchen, sie zur Kooperation zu bewegen. Wenn sie dazu bereit sind, gibt es keine Probleme. Manche weigern sich allerdings. Sie sind wie Tiere, denen man etwas beibringen muß. Manchmal fallen diese Lektionen hart aus, für sie genau wie für uns. Aber wir hassen die Tiere nicht, die wir zähmen und trainieren, und wir behandeln sie gut, sobald die Ausbildung beendet ist. Man kann nur seinesgleichen hassen, keine Untermenschen. Verstanden?«

»Jawohl, Captain Tracy.«

Die Raumschiffe der Außenseiter waren wie die Wellen des Meeres herangeflutet. Die Himmel waren von großen goldenen Schiffen bedeckt gewesen. Man konnte die Außenseiter hassen. Man konnte ihre Raumschiffe hassen, die viel größer und schöner waren als die der Föderation. Man konnte sie ihrer großen, aufrechten Körper wegen hassen, wegen ihrer goldenen Haare, der schimmernden blauen und grünen Augen, einfach der Schönheit wegen, die ihnen allen eigen war. Man konnte sie auch deswegen verdammen, weil man selbst diese hohe Entwicklungsstufe hätte erreichen können, wenn einem genügend Zeit gegönnt gewesen wäre.

Ein Stöhnen entrang sich seinen Lippen. Im Inneren der Fähre dampfte es vor Hitze. Er hatte vergessen, die Klimaanlage einzuschalten.

Während er sich Wasser holte, dachte er wieder an die Außenseiter. Die hatten alles überwunden, wovon die Menschheit heimgesucht wurde.

Sie kannten keine Krankheiten, keinen Tod, keine unbezähmbaren Begierden. Es war, als hätten sie eine fortlaufende Treppe erklommen und näherten sich den obersten Stufen, während es den Menschen erst jetzt dämmerte, daß die Stufenleiter der Evolution weit über jenen Punkt hinausreicht, den die Erdenbewohner bereits erreicht hatten. Dennoch waren diese Außenseiter bereit, alles Erreichte aufs Spiel zu setzen, sogar einen Krieg mit den mächtigen Armeen der Föderation zu riskieren. Und das taten sie angeblich nur deswegen, weil sie den Bewohnern von Mellic Hilfe versprochen hatten.

Trace glaubte das nicht. Sicherlich waren auch sie auf irgendeinen Vorteil für sich aus. Kein Mensch riskierte etwas ohne den Gedanken an ein Ziel, welches das Risiko lohnte. Er hätte gern gewußt, was sich auf den Konferenzen zugetragen hatte, seitdem er Mellic verlassen und die Verfolgung des Roboters aufgenommen hatte. Hoffentlich war noch nicht der Krieg erklärt worden, nicht ehe er zurückkehren und Lar mitnehmen konnte. Der Planet Mellic war nämlich das erste Ziel, das die Raumflotte angreifen würde, und zwar mit allen zu Gebote stehenden Mitteln: Kernwaffen, Laserstrahlen, Energiewerfern, wahrscheinlich auch mit der neuesten Waffe, die noch im Entwicklungsstadium war. Inakred – ein atmosphärisches Kettenreaktionskampfmittel. Es war bis jetzt nur einmal zu Demonstrationszwecken eingesetzt worden und hatte sich prächtig bewährt. Die Föderation würde nicht zögern, es einzusetzen, noch dazu gegen einen Planeten, der ebenso große oder sogar größere Mächte zu Hilfe gerufen hatte. Mellic würde untergehen.

Doch die Verhandlungen würden noch Jahre oder sogar Jahrzehnte dauern, bevor es dazu kam. Die Regierung der Föderation wußte, wie man Verhandlungen in die Länge zog, wenn sie nicht zufriedenstellend verliefen.

Trace trank wieder einen Plastikbecher leer. Seine Zunge war geschwollen, die Lippen wurden immer rissiger. Zwar taten die fiebersenkenden Mittel ihre Wirkung; doch wurde der Körper dadurch immer mehr ausgetrocknet. Er gönnte sich noch eine Extraration und setzte sich damit auf den Boden. Er nahm sich Zeit und kostete jeden Schluck im Mund gehörig aus. Er hätte auch etwas essen sollen, war aber dazu nicht imstande. In seinem ganzen Leben hatte er noch nie solche Schmerzen ertragen müssen wie jetzt. Jeder Muskel brannte wie Feuer; die Haut war wund und aufgerauht, die Augen waren voll ätzenden Sandstaubs. Seine Haut war eine Kruste von Schmutz, Blut, Schweiß und Sand.

Er mußte aus der Kabine steigen. Er mußte endlich die andere Fähre suchen und das Tal befestigen. Momentan hatte er noch nicht die Kraft, sich zu rühren. Er leckte die letzten Tropfen Wasser aus dem Becher. Eine Weile wollte er sich noch ausruhen und dann endgültig hinausgehen. Zuerst ausruhen. Gequält lehnte er die Stirn gegen den Vorratsschrank. Das Metall kühlte sein heißes Gesicht. Die Augen fielen ihm zu.

11

Das Heulen des Windes ließ ihn nicht ruhig schlafen. Er warf sich hin und her, ohne wahrzunehmen, was um ihn herum geschah. Als es draußen wieder ruhig wurde, erhob er sich und trank einen Schluck Wasser. Er wußte, daß er sparsam mit dem Wasser umgehen mußte, auch wenn er sich nicht erinnern konnte, weshalb. Den Morgensturm verschlief er.

Hungrig erwachte er. Der Gedanke an den ungenutzten Tag bohrte in ihm, doch dann tat er ihn mit einem Achselzucken ab.

Er hatte die Ruhepause dringend gebraucht. Schmerzen hatte er immer noch, mit gestern verglichen, waren sie jedoch viel schwächer. Auch seinen Arm konnte er wieder bewegen. Die ganze Schulter war verfärbt; doch die Wunde war im Abheilen. Auch die Schrammen und Beulen, mit denen sein Körper übersät war. Er war ein zähes ›Tier‹. Sein Körper hatte nur eine Schonzeit gebraucht, um sich wieder zu erholen. Auch das Fieber war weg. Nach einer Anstrengung würde es wahrscheinlich wiederkommen. Das nächstemal sogar stärker. Bis dahin blieb ihm eine Gnadenfrist von einigen Tagen, in denen er tun konnte, was er tun mußte.

Trace schlang eine Tube Fruchtmark hinunter und anschließend ein Eiweißkonzentrat, das die Bezeichnung ›Fleisch‹ trug. Es schmeckte fad und hinterließ einen Belag auf dem Gaumen und auf der Zunge. Nach der Mahlzeit fühlte er sich kräftig genug für die Tagesarbeit. Noch war es zu heiß. Er mußte seine Warnanlage einschalten für den Fall, daß sich der Roboter früher als erwartet näherte. Er staunte, als er entdeckte, daß zwei Tage seiner Frist von sechs Tagen bereits verstrichen waren.

Es blieben ihm also nur noch drei ›Ruhetage‹. Am vierten mußte er bereits mit ›Gesellschaft‹ rechnen. Sein Wasservorrat betrug nur mehr knapp zwei Liter.

Am nächsten Morgen würde er sofort bei Eintreten der Windstille hinausgehen, sich in den drei Mittagsstunden einen schattigen Platz suchen und die Suche fortsetzen, sobald die Schatten länger wurden. Er überdachte diesen Plan und akzeptierte ihn dann widerwillig. Es gefiel ihm gar nicht, sich so weit von der Fähre entfernen zu müssen. Was sollte er tun, wenn ihn das Fieber wieder überfiel? Wenn der Roboter während seiner Abwesenheit kam?

Doch das war alles nur eine krampfhafte Suche nach Ausflüchten. Er riß sich zusammen. Er wollte drei Stunden gehen, sich dann drei Stunden im Schatten ausruhen und die Erkundung abbrechen, ehe der Abendwind eine Rückkehr unmöglich machte. Er wollte die verschiedenen Talzugänge ausfindig machen und prüfen, ob eine Möglichkeit bestand, sie zu verbarrikadieren. Wenn sie alle so gut versteckt waren wie der Kamin, hatte er nichts zu befürchten. Dann konnte sich der Roboter ihm nicht auf direktem Weg nähern, sondern mußte die Felswände durchbrennen, ehe er in den Kessel eindringen konnte.

Plötzlich verwünschte er seine Dummheit. Viel besser war es doch, die Erkundung mit der Fähre durchzuführen und das ganze Gebiet in einem Tag mit Hilfe des Strahlendetektors abzusuchen! Erregung erfaßte ihn. Morgen würde er bestimmt die zweite Fähre finden. In einem so begrenzten Gebiet konnte er sie nicht verfehlen. Wenn er einmal ihre Strahlung aufgespürt hatte, würde ihn diese radioaktive Spur direkt zu jener Stelle führen, wo die Fähre, unter dem Schild verborgen, stand. Dann hatte er endlich wieder genügend Wasser, Treibstoff und Sauerstoff.

Er würde seine eigene Fähre auftanken, die Wasser- und Sauerstoffvorräte mitnehmen und die andere Fähre zerstören. Erleichtert lachte er auf. Der Plan war so einfach und narrensicher! Zuerst die Lageskizze; dann würde er losfliegen.

Als er zum erstenmal über dem Talkessel kurvte, war die in seiner Fähre eingebaute automatische Kamera gelaufen. Jetzt holte er die Aufnahmen aus dem Entwickler und breitete eine neben der anderen aus, so daß sie ein vollständiges Bild des über sechzig Quadratkilometer großen Gebietes ergaben. Hätte er doch schon bei der ersten Landung auf dem Planeten eine Karte angefertigt! Damals war ihm das nicht als notwendig erschienen. Er wußte, daß das Rettungsschiff sowieso den gesamten Planeten routinemäßig kartographisch erfassen würde. Mittels eines Kopiergerätes verfertigte er aus den Einzelfotos eine Gesamtaufnahme. Wenn die Fähre bloß bewaffnet gewesen wäre! Die Waffen hatten sie nämlich zugunsten zusätzlicher Wassertanks an Bord ihres Raumschiffes zurückgelassen, als sie merkten, daß es auf dem Planeten, den der Roboter ansteuerte, kein Wasser gab.

Trace zeichnete auf der Gesamtaufnahme seinen Standort ein und zog mehrere Kreise um diesen Punkt. Das war das Schema, nach welchem er bei der Erkundung vorgehen wollte. Als er fertig war, brummte er zufrieden. Er wollte das ganze Gebiet in zwei Flügen absuchen: Einen Flug wollte er heute nachmittag unternehmen, den nächsten morgen vormittag. Bis morgen mittag würde er spätestens die andere Fähre aufgespürt haben. Dem Problem des Energieschirmes wollte er sich morgen widmen.

Dann überdachte er seine Berechnungen. Das Verhältnis des Treibstoffverbrauches für eine Fortbewegung dicht über der Planetenoberfläche, verglichen mit dem Verbrauch für die Rückkehr in die Umlaufbahn des Mutterschiffes, betrug eins zu drei. Jene Treibstoffmenge, die ihn vierhundert Kilometer zu dem im Orbit kreisenden Raumschiff hinauftragen sollte, konnte ihn folglich auf der Planetenoberfläche tausendzweihundert Kilometer weit befördern. Von dieser Strecke hatte er bereits rund siebenhundert Kilometer zurückgelegt. Es standen ihm also noch Treibstoff für knapp fünfhundert Kilometer zur Verfügung.

Die Kreise, die er um seinen Standort gezogen hatte,

hatten in der Natur einen Abstand von zwei Kilometern. Seinen Berechnungen nach mußte er eine Gesamtstrecke von vierhundert Kilometern absuchen. Mit etwas Glück, hoffte er, würde er möglichst früh auf die radioaktive Spur stoßen, so daß er die äußeren Kreise nicht mehr absuchen mußte.

Trace lenkte sein Fahrzeug hinter dem Felsblock hervor. Die Sonne stand noch hoch am Himmel, die Schatten nur schmale, dunkle Streifen. Er überflog die höchsten Felsspitzen des Talkessels in denkbar knappem Abstand und ging bei seiner ersten Runde auf Nordkurs. Er hielt sich, entsprechend seinem Plan, etwa zwei Kilometer von seinem Ausgangspunkt entfernt.

Je geringer die Geschwindigkeit, desto geringer war auch die Leistung seiner Triebwerke. Aber das ließ sich leider nicht ändern. Er mußte das Tempo drosseln, wenn er das Gebiet unter sich genau erfassen wollte.

Seine Detektoren konnten die Kernstrahlung bis auf eine Entfernung von sechs Kilometern ausmachen. Bei diesem schwierigen Gelände kamen sie jedoch nicht voll zur Wirkung. Hier waren die Felsen sehr massiv, und dazwischen lagen im Zickzack verlaufende Schluchten, die sich bald erweiterten, bald wieder verengten. Jede Felsspitze dämpfte die radioaktive Strahlung. Aus der Vogelschau erkannte er erst richtig, wie günstig sein Talkessel gelegen war. Der Roboter konnte sich ihm nicht so leicht nähern. Außerdem sah er, daß es nur noch zwei weitere Zugänge zum Tal gab. Ein dritter war von Geröll verschüttet. Diesen konnte er mit Leichtigkeit noch weiter befestigen, falls das notwendig sein sollte.

Er beendete die erste Schleife und vergrößerte den Radius um weitere zwei Kilometer. Die Landschaft unter ihm blieb unverändert: Riffe, Nadeln, Blöcke, Geröll, das sich zu Schutthalden türmte. Hier sah er den Anfang eines Plateaus, eines hochgelegenen Tafellandes, das der Wind glattgefegt hatte. Den Zugang bildeten stufenartige Terrassen. Er drosselte das Tempo, obwohl er dabei noch mehr Treibstoff verbrauchte. Das Hochland bestand aus Granit und nicht aus jenem schwarzen Basalt, den er in Erinnerung hatte. Er beschleunigte und beendete die zweite Runde. Seine Detektoren rührten sich nicht.

Die Hitze im Inneren der Fähre stieg noch weiter an. Trace schwitzte schrecklich in seinem Anzug. Außerdem merkte er, daß er merkwürdigen optischen Täuschungen zum Opfer fiel. Das Land schien sich nach oben zu, bis in die scharfen Felsnadeln hinein, zu krümmen, wechselte dann plötzlich das Aussehen und wies jetzt tiefe Löcher mit Steilwänden und schwarzen Simsen auf, die einem Mittelpunkt zustrebten. Die Wirkung war zu verwirrend. Er konzentrierte daher zehn oder fünfzehn Minuten lang sein Augenmerk auf seine Armaturen und die Strahlungswarnanlage. Er war froh, als er sich wieder dem Hochplateau näherte, als wäre es ein vertrauter Anblick von der Venus oder gar von der Erde her, die er seit seinem zwanzigsten Geburtstag nicht mehr gesehen hatte. Das Plateau schien sich kilometerweit flach und eben hinzuziehen.

Jetzt beendete er die dritte Runde. Die Schatten traten schon deutlicher hervor – hart und grausam wie die Felsen, die sie verursachten. Jedesmal, wenn er genau auf Süd- oder Nordkurs ging, fiel das Sonnenlicht voll in die Kabine, so daß er die Bullaugen schließen und sich ganz auf den Bildschirm verlassen mußte. Auf dem Bildschirm wirkte die zerklüftete Landschaft noch phantastischer und irrealer.

Im Kreissektor der nächsten Runde hatte er kaum sieben Kilometer zurückgelegt, als die Warnanlage ratterte. Trace empfand Erregung und Furcht zugleich, als die

Anlage sofort wieder verstummte. Verzweifelt machte er kehrt und kreiste über der Stelle, wo der Detektor ausgeschlagen hatte. Er überflog die Gipfel so flach wie möglich, bis er erkannte, daß das Gelände für den Roboter unbegehbar gewesen sein mußte. Plötzlich erschienen auf dem Kontrollschirm zwei Linien. Eine Spur wurde von der anderen gekreuzt. Der Roboter hatte also seine eigene Spur überquert. Trace folgte der einen Spur bis zum äußersten Rand des Sechzehn-Kilometer-Kreises, den er sich gezogen hatte, machte dann kehrt und folgte der heißen Spur bis zum Kreuzungspunkt. Über diesen Punkt hinaus in die andere Richtung würde er an diesem Tag die Spur nicht mehr verfolgen können. Die Schatten wuchsen beängstigend rasch. Ihm blieb höchstens noch eine halbe Stunde Zeit, zu erkunden. Jetzt wurde die ›heiße‹ Spur abermals gekreuzt, dann wieder ... Mit aller Macht kämpfte er die Zweifel und die Enttäuschung nieder, die ihn überwältigen wollte.

Wenn das ganze Gebiet von sich kreuzenden radioaktiven Spuren übersät war, konnte er unmöglich allen folgen. Dann mußte er zu Fuß gehen und versuchen, die Fähre mit seinen Händen zu ertasten!

Trace mußte zurück. In wenigen Minuten kam wieder Wind auf. Die Schatten lagen als schwarze Streifen über dem Geröll; die weißen Flächen wurden langsam grau. Bis zu seinem Lager waren es nur fünfzehn Kilometer Luftlinie. Als er wieder über dem Talkessel kreiste, war der Wind bereits zu einem dünnen Schrillen angewachsen. Er landete und suchte mit der Fähre wieder hinter den Felsen Schutz.

Als Trace die Triebwerke ausschaltete, war er von der Enttäuschung wie betäubt. Erst allmählich konnte er sich entspannen. Er war der Fähre so nahe gewesen und hatte trotzdem aufgeben müssen. Jetzt prüfte er den Treibstoffverbrauch. Alles in allem war er zweihundert Kilometer geflogen. Er konnte also noch so eine große Strecke zurücklegen, ehe der Treibstoffvorrat so bedrohlich gesunken war, daß er das Tal nicht mehr verlassen durfte.

Er streifte seinen schweißnassen Anzug ab und rieb sich mit einem kühlen Spezialtuch ab, das den Schweiß sofort aufsaugte. Auch dieses Zeug wurde langsam knapper. Lieber Himmel, wie er stank! Er warf die Stofflappen in den Abfall. Er unterdrückte den Gedanken an die Wassermenge, die er bei der Pflege von Duncan verschwendet hatte. Sehnsüchtig dachte er an eine kühle Dusche oder ein Schaumbad.

Sein Kopf dröhnte von der Anstrengung, die es ihn gekostet hatte, das vielfach gegliederte Land genau zu beobachten. Trace betrachtete die Karte, auf der die radioaktiven Spuren eingezeichnet waren, und legte sie wieder beiseite. Kleine Funken tanzten vor seinen entzündeten Augen. Er setzte sich auf den Liegesitz und stützte den Kopf in die Hände.

Diese erzwungene Tatenlosigkeit war ärger als körperliche Arbeit, ärger als der Kampf mit den Wirbelstürmen, ärger als das Marschieren unter glühendem Himmel. Warum hatte man sie nicht besser dafür trainiert, die Einsamkeit zu ertragen? Warum wurde jeder einzelne so sorgsam vor dem Alleinsein bewahrt, von der Geburt bis zum Tode? Sie traten immer zu zweit, in Gruppen, Schwadronen oder in Bataillonsstärke auf, doch niemals allein. Als Kind hatte er in einer Wohnmaschine gelebt – in einem Riesenkomplex von viertausend Appartements. Dann kam er mit siebenhundert Kindern im vorschulpflichtigen Alter von zwei bis vier Jahren in den Kinderhort. Darauf die Schule mit den Lernmaschinen, der Schlafsaal, die Spielplätze, die von Jungen wimmelten, wie ein Wassertropfen unter dem Mikroskop von Leben wimmelt. Dann die ›Venus‹ und die Kadetten-Exerzierplätze – nie war er allein gewesen. Jetzt hörte er aus weiter Entfernung das Heulen des Windes. Vielleicht hätte er die Fähre doch lieber unter einen Felsüberhang stellen sollen. Sein neuer Standort war so geschützt, daß ihn sogar der Wind in seiner Einsamkeit allein ließ.

Ein Imbiß hätte ihm jetzt gutgetan. Dann könnte er Briefe schreiben oder das Logbuch nachtragen. Erstaunt dachte er an das Logbuch. Er hatte seit Tagen die Eintragungen vergessen. Er würde Stunden brauchen, um es auf den neuesten Stand zu bringen. Er zog es heraus und blätterte es durch. Er las den Bericht von dem Tag, als Duncan starb. Bei der Erinnerung an den Feuerstrahl, der das flache Grab umspielt hatte und ihm dann über den Boden nachgekrochen war, fuhr er schaudernd zusammen. Wie lange lag das jetzt zurück? Er konnte es nicht sagen. Er wußte nicht mehr, ob das vor oder nach jenem Tag passiert war, an dem er mit der Fähre im Sand gelandet und in der Nacht vom Wind zugeweht worden war. Der Roboter war ihm damals nicht gefolgt. Erst als er wieder in den Schutz der Gebirge zurückgekehrt war, hatte der Roboter ihn erwartet. Warum war ihm der Roboter damals nicht auf den Fersen geblieben?

Trace biß sich auf die Knöchel. Warum war er so weit zurückgeblieben? Warum reparierte der Roboter nicht einfach seine Fähre und machte sich davon? Schließlich konnte der Roboter es sich leisten, ihn hier zurückzulassen. Trace stellte jetzt für den Roboter keine Bedrohung mehr dar. Er war nur noch ein schwacher, kranker Mensch, der für nichts und niemanden mehr eine Bedrohung darstellte.

»Warum müßt ihr Krieg führen und nach der Herrschaft über ganze Planeten verlangen? Warum könnt ihr nicht einfach Handel treiben und auf diese Weise die Dinge erwerben,

die ihr braucht oder haben wollt? Warum müßt ihr erst alles niederbrennen und zerstören und vernichten?«

Lar konnte es einfach nicht begreifen. Trace lächelte sie hilflos an. Er hatte sie entdeckt, als sie mit einem Buch auf dem Schoß am Flußufer saß und mit halbgeschlossenen Augen die Lichtmuster betrachtete, die das wirbelnde Wasser auf den Sand warf. Er versuchte es ihr zu erklären, doch sie unterbrach ihn.

»Nicht einmal du weißt, warum. Man hat dir gesagt, daß es so sein müßte, und das hast du akzeptiert, ohne auch nur nachzufragen. Was für eine Bedrohung stellte denn Mellic für dein Volk dar? Unser letzter Krieg liegt fünftausend Jahre zurück. Wir hatten sogar vergessen, wie man Krieg führt. Allein der Gedanke, einen anderen zu töten, war uns zuwider. Wie konnten wir da eine Bedrohung für dich und dein Volk darstellen? Ihr hättet euch das Land einfach nehmen können, das ihr brauchtet, um eine Basis zu errichten, von der aus ihr weiter ins All vordringen konntet. Es war nicht nötig, den ganzen Planeten zu erobern und alles in Schutt und Asche zu legen. Und du wunderst dich, daß du überall auf Haß triffst, wohin du auch gehst? Wundert dich das wirklich?«

»Wir haben uns eben ganz dem stetigen Wachstum verschrieben.«

»Ihr weigert euch nur, eure Gier zu bezähmen.«

»Das ist nicht wahr! Jeder Organismus muß wachsen, oder er stirbt.«

»Ihr habt euren Ursprungsplaneten übervölkert, und jetzt breitet ihr euch wie eine Krankheit über die ganze Galaxis aus.«

»Aber wir hassen keines der Völker, die wir entdeckt haben. Wir versuchen stets, uns friedlich mit ihnen zu arrangieren.«

»Ihr haßt sie nicht, weil man euch beigebracht hat, daß sie keine Menschen sind. Wie sollte man auch wehrlose Tiere oder harmlose Vögel hassen? Warum gönnst du dir nicht wenigstens einmal den Luxus eigener Gedanken? Nimm dir eine

Woche Urlaub, wandere durch die Wälder oder klettere auf einen Berg und denke die ganze Zeit über nach.

Bist du überhaupt jemals lange genug allein gewesen, um nachdenken zu können? Sieh mich an! Ich bin ein denkendes Wesen, genau wie du. Ich bin nicht einfach nur ein Hindernis, das deinen expansionistischen Träumen im Weg steht. Ich bin ein menschliches Wesen, das blutet, wenn es verletzt wird. Nachts liege ich wach und denke an die Zeit des Friedens zurück, als meine Brüder und mein Vater noch lebten und glücklich waren. Jetzt sind sie tot, verbrannt und ausgelöscht, als hätten sie nie existiert. Haben sie euch etwa bedroht?

Mein Vater stellte Iloyars her, Musikinstrumente, ähnlich euren Violinen. Meine Brüder, der eine ein Dichter, der andere Arzt, stellten sie etwa eine Gefahr für eure Expansionspläne dar? Kannst du mir ins Gesicht sehen und ehrlichen Herzens behaupten, ich sei weniger als ein Mensch?«

»Lar, es tut mir leid ...«

»Nein! Sag so etwas nicht! Dir kann nichts wirklich leid tun, solange du nicht so gelitten hast wie wir. Nicht, bevor du dich nicht auch so einsam, verlassen und hilflos gefühlt hast wie wir. Nicht, solange du nicht begriffen hast, daß in den Städten, die du mit deinen Strahlen vernichtet hast, menschliche Wesen lebten, die in Angst und Schrecken gestorben sind ... und in Einsamkeit.«

»Hör auf! Ich will das nicht mehr hören!« schrie Trace. Er fuhr von seiner Liege hoch und blickte wild um sich. Seine Hand zitterte, als er sich über die Stirn strich. Er hatte sie gesehen! Er hatte den Windhauch gespürt, der vom Fluß herüberstrich, den fremdartigen Geruch der Moose und Farne wahrgenommen, die blauen und violetten Blumen gesehen, die über das Wasser herabhingen.

Und er hatte wieder die gleiche, schlecht verhohlene

Ungeduld verspürt, die er damals empfunden hatte, als er ihre Worte vernahm, aus denen nur die Unkenntnis der galaktischen Realitäten sprach. Es war die Wirklichkeit gewesen! Irgend etwas war mit der Zeit geschehen, hatte ihn zurückversetzt und diese Szene noch einmal durchleben lassen.

Er hielt beide Hände an den Kopf. Er lauschte dem langsam nachlassenden Wind. Er mußte etwas essen. Der Gedanke an die verschiedenen Tuben verursachte ihm Ekel, aber er brauchte dringend neue Kräfte.

Trace schauderte, wenn er sich das ›Ding‹ da draußen im Wind vorstellte, unbeirrbar, immer auf seiner Spur, ganz gleich, wie kompliziert und raffiniert er sich auch verhalten hatte.

Es ist ein logisch funktionierendes Gerät, Trace, nichts als eine Maschine. Es kann nichts Neues erfinden, keine eigenen Gedanken entwickeln, nichts empfinden. Es muß tun, was man ihm aufgetragen hat, und zwar genau auf die Weise, wie man es ihm beigebracht hat. Und jemand hat ihm beigebracht zu töten. Das ist alles, was es kann – töten.

Trace hätte zu gern gewußt, wer der Lehrer des Roboters gewesen war, nachdem dieser die Venus nach dem Blutbad verlassen hatte. Wer hatte ihn mit dem Energieschild ausgerüstet und aus welchem Grund? War sich der Mann auch der Tragweite seiner Tat bewußt gewesen? Hatte jemand den Roboter absichtlich unbesiegbar gemacht und ihn dann ausgeschickt, damit er jeden tötete, der ihm über den Weg lief? Wer hatte die Menschheit so gehaßt, daß er dazu imstande gewesen war?

12

Die Zeit existierte nicht für das ›Ding‹. Es gab nur das Jetzt. Alles andere waren Daten, die es zu überprüfen galt. Ohne Bezug auf Vergangenheit und Zukunft, die es in Betracht ziehen, voraussehen oder fürchten mußte. Es gab nur die immer präsente Gegenwart.

Außer seiner Selbsterhaltung hatte der Roboter kein Ziel. Er brauchte keine Nahrung, keine Wärme, kein Strahlenschutzschild. Alle unnötigen Gegenstände hatte er sofort aus dem Raumschiff geworfen, das sich nun mit Höchstgeschwindigkeit von der Venus und dem Sonnensystem entfernte. Seine Bahn wurde durch einen Kometenschweif weggeworfener Dinge markiert: Sitze, Liegen, Druckanzüge, Lebensmittel. Alles, was nicht niet- und nagelfest gewesen war, hatte der Roboter entfernt.

Er tastete seine Gedächtnisspeicher ab: »Das Überleben wird von der Fähigkeit der Mannschaft abhängen, jedes Teil des Raumschiffes zerlegen und wieder zusammensetzen zu können.« Das hatte er aufgeschnappt und gespeichert, als in der Nähe des Labors Übungen abgehalten worden waren. Zum Überleben gehörte also das Wissen um die Konstruktion des Raumschiffes. Der Roboter begann beim komplizierten Steuerungssystem, studierte die Schaltungen und Stromkreise und dechiffrierte verschlüsselte Angaben. Dann baute er die Anlage wieder zusammen und ging zum Analogcomputer über. Er lernte, wie man diesem Fragen eingibt und wie weit dessen Fähigkeit zur Beantwortung der Fragen reichte. Er untersuchte die Bauweise des Raumschiffes, dessen Wände, Böden und Ausstattung.

Eine Zeit gab es nicht. Die Zeit war endlos. Er konnte sich das Raumschiff in aller Ruhe vornehmen, Zentimeter für Zentimeter. Er studierte jeden einzelnen Bestandteil, nahm das Schiff Stück für Stück auseinander und montierte es wieder zusammen.

Mit der Zeit wurde sein Raumschiff radioaktiv und für den Menschen lebensgefährlich. Der Roboter war gegen diese Strahlung weitgehend immun. Er studierte den Atomantrieb und machte sich daran, der Strahlung so weit wie möglich entgegenzuwirken.

Trotz der Lektion, die er auf der Venus belauscht und getreulich gespeichert hatte, war sein Wissen noch immer lückenhaft, weil nicht alle Übungen innerhalb seiner Hörweite abgehalten worden waren. So wußte er beispielsweise nichts über das Auftanken der Raumer. Auch hatte er keine Ahnung von dem Schild, mit dem das Raumschiff umgeben werden konnte, um Energie zu absorbieren oder sie im rechten Winkel abzustrahlen. Er stieß auf ihm unverständliche Hinweise. Folgerungen konnte er nur auf Grund einprogrammierter Prämissen ableiten, und hier handelte es sich um Angaben, die er nicht gespeichert hatte. Da stieß er auf den Übersetzungscomputer. Für diesen reichte sein Verständnis. Er machte sich das komplizierte Netz von Beziehungen und Querverbindungen zu eigen, übertrug sie auf sein System, änderte einen ganzen Stromkreis, um die Angaben aus der gesprochenen Sprache in das Binärsystem zu übertragen. Mit diesem neuerworbenen Sprachverständnis tastete er seine eigenen chemischen und elektronischen Speichereinheiten ab. Jetzt wurde ihm alles verständlich, was in Reichweite seiner Hörorgane gesprochen worden war. Einen Primärauftrag hatte er bisher immer noch nicht erhalten. Seine Tätigkeit beschränkte sich daher auf das Überwachen der eigenen Funktionen.

Seine Bahn berührte andere Planetensysteme. Er flog im Hyperspace weiter.

Erst als sein Treibstoffvorrat zur Neige ging, mußte er eine Landung in Betracht ziehen. Der Roboter wußte, daß ein Raumschiff ohne Treibstoff völlig hilflos war. Für ihn würde es das Ende bedeuten, und das konnte er nicht zulassen. Er mußte also irgendwo landen. Seine dritte Greifergarnitur – jene mit den biegsamen, fingerähnlichen Enden – berührte das Schaltbrett des Bordcomputers, tanzte über die Tasten und fütterte ihn mit den entsprechenden Raum- und Zeitangaben. Der Computer berechnete Positionen und Kurs und übernahm die Steuerung des Raumschiffes. Die Landung war auf dem Planeten Tensor vorgesehen und sollte in drei Wochen irdischer Zeitrechnung stattfinden. In jenen Minuten, Tagen oder Ewigkeiten, die das Manöver in Anspruch nahm, rührte sich der Roboter nicht mehr. Für ihn waren die Intervalle zwischen den einzelnen Ereignissen bedeutungslos. Das nächste Ereignis, dessen er sich bewußt war, war die Landung . . .

Auf dem Planeten Tensor beobachtete eine Abteilung Aufständischer unter der Führung von Trol Han esTol von einer im Wald gelegenen Berghöhle aus besorgt das Niedergehen des Raumschiffes.

»Warum greift es nicht an?« fragte einer, ein Jüngling mit Lederschurz. Arme und Oberkörper waren nackt.

Einer von den älteren Männern gebot ihm, zu schweigen. Sie beobachteten das Raumschiff durch ihre Teleskope. Es landete in einer Entfernung von fünfundzwanzig Kilometern am Rande einer Ebene, hinter der sich dichte Wälder ausbreiteten. Gleich darauf ertönte ein leises Pfeifen im Funkgerät. Der Funker nahm die Nachricht entgegen. Ein in den unteren Waldregionen postierter Beobachter meldete: »Bis jetzt ist noch niemand ausgestiegen. Während der Landung herrschte Funkstille. Landung ohne Zwischenfall.«

Trol befahl dem Funker, den Empfang der Nachricht zu bestätigen, und zog sich ins Höhleninnere zurück, wo seine Berater auf ihn warteten. Jetzt mußte er seinen Entschluß bekanntgeben, was mit dem fremden Raumschiff geschehen und aus dem Überfall werden sollte. Sie hatten den Angriff auf einen Außenposten der Föderation geplant, der hundertsechzig Kilometer weiter westlich, am Rande der großen Ebene, lag.

Trol war ein Riesenkerl. Breite Brust, kräftige Muskeln, dichtes Haar, das ihm in goldenen Locken in die Stirn fiel. Der dichte Bart wirkte wie eine rötliche Flamme. Aus dem blonden Haarwald blitzten tiefblaue Augen. Hosen, Gamaschen und Schuhwerk waren aus braunem Leder. Als er den tief in der Höhle gelegenen Beratungsraum betrat, erhoben sich die Versammelten und sahen ihn fragend an.

»Es ist gelandet«, sagte er kurz und bat sie, sich zu setzen.

In dem Raum waren siebenundfünfzig Männer versammelt. Trol nahm den Vorsitz am Tisch ein, an dem bereits sechs andere Platz genommen hatten. Die übrigen kauerten auf dem Boden.

Es herrschte eine drückende Hitze. Der Raum war eine natürliche Höhle, die man in den letzten zwei Jahren, seitdem die Aufständischen sie als Hauptquartier gewählt hatten, immer mehr erweitert hatte. An der hohen Decke, fünfundzwanzig Meter über ihnen, glitzerte ein Meer von Kristallen. Den hinteren Höhlenabschluß bildete eine natürliche Wand – ein Faltenwurf aus rosig schimmerndem Travertin, durch den rotgolden das Licht einfiel. Zu beiden Seiten hatte man die Höhle künstlich erweitert. Als Lichtquelle dienten Lampen, die von einer talgartigen Substanz gespeist wurden und mit ruhiger Flamme brannten.

»Unsere Späher halten uns über das Raumschiff auf dem laufenden«, sagte Trol leise. Trotzdem war er noch im entferntesten Winkel der Höhle zu hören. »Falls es sich dabei, wie wir annehmen, tatsächlich um ein beschädigtes Raumschiff der Weltföderation handelt, vermute ich, daß es an Bord keine Überlebende mehr gibt. In diesem Fall werden wir das Schiff übernehmen. Falls die Besatzung jedoch überlebt hat, müssen wir sie festnehmen und verhören. Ich glaube, daß das Raumschiff nur aus Zufall hier landete. Bei einem Angriff würde man zuerst mit Raketen oder Flugzeugen gegen uns vorgehen. Ein Raumschiff ist für einen Einsatz auf Bodenziele nicht geeignet.«

Trol machte eine Pause. Niemand stellte Fragen.

»Fahren wir also mit unserer Debatte fort«, sagte er und setzte sich. Er sah den Mann an, der durch die Ankunft des Raumschiffes in seiner Rede unterbrochen worden war. Fedo elArm vertrat den Standpunkt, die Aufständischen müßten das Eingreifen der Außenseiter abwarten. Deren Raumschiffe sollten ihren Aufstand gegen die Föderation unterstützen. Das war zwar kein populärer Standpunkt, aber vermutlich ein sehr kluger Vorschlag. Trols Gesicht blieb unbewegt, während er den Redner beobachtete und ihm zuzuhören schien. In Wirklichkeit nahm er nur einen Teil zur Rede bewußt auf. Die Worte hallten als mächtiges und gefühlvolles Echo von den Wänden wider. Trol wußte, daß die endgültige Entscheidung ihm überlassen blieb. Das wußten alle. Niemand würde seine einmal getroffene Entscheidung in Frage stellen. Trol sah die sechs Männer an dem langen Tisch an.

Sie waren sein persönlicher Stab. Jeder einzelne gab

sich ruhig wie er und wurde doch von den gleichen Zweifeln geplagt.

Einen Augenblick lang hörte er Fedo aufmerksam zu: »... es sei denn, man provoziert uns. Natürlich ist es nicht leicht, ruhig zuzusehen, wenn ihre Soldaten durch die Straßen streifen, sich unserer Frauen bemächtigen und unser Hab und Gut konfiszieren. Doch die Alternative wäre weltumspannendes Gemetzel ...«

Trol versank wieder in Nachdenken. Ein Gemetzel hatte es auch zu Beginn gegeben, als die Truppen der Weltföderation aufgetaucht waren und einen Raumstützpunkt gefordert hatten. Damals hatten nur die Wissenschaftler begeistert zugestimmt, die Politiker waren mißtrauisch geblieben. Zu Recht, wie sich erweisen sollte. Der Gebietsforderung hatte man stattgegeben. Daraufhin hatte die Föderation Abgaben, Handel, Privilegien und schließlich die Deportation von Lehrern, Wissenschaftlern und führenden Persönlichkeiten verlangt. Außerdem das Recht, eigene Schulen einzurichten.

Es war zu einem kurzen und blutigen Krieg gekommen. Der darauf folgende Friede war kein echter Friede, sondern nur eine Atempause, in der sich die Aufständischen in den Bergen sammeln und zu Gegenaktionen rüsten konnten.

Der nächste Redner war Elt alTrin: »Meine Herren, ich möchte Sie an das Gleichnis von den Käfern und dem Riesen erinnern. Der Riese kam auf seinen Wanderungen in ein Tal, in dem seit uralter Zeit die kleinen Kreaturen friedlich gelebt hatten. Er drang in ihre Behausungen ein und tötete eine große Zahl von ihnen. Die Bedrängten hielten eine Beratung ab. ›Was sollen wir tun?‹ jammerten sie. ›Seht doch, wie mächtig der Böse ist. Einen so überlegenen Feind können wir nicht besiegen. Ziehen wir uns lieber zurück, bis er dieses Tal satt hat.‹ Während sie so redeten, tötete der Riese Tausende ihrer Nachkommen. Da erhob sich einer der Bedrängten und rief: ›Wir müssen uns ihm entgegenstellen! Wir zählen Millionen gegen einen. Unsere Überzahl ist die einzige Waffe, die uns zu Gebote steht!‹ Da sammelten sie sich, schwärmten in der Dämmerung über den Riesen aus, blendeten ihn mit ihren Stacheln, kniffen seine rauhe Haut mit ihren Zangen, fraßen sich in sein Herz, bis er tot in ihrer Mitte lag.«

Elt alTrin hielt inne und hob ein durchsichtiges Gefäß hoch, in dem sich drei winzige Käfer befanden. Ein Murmeln durchlief den Raum. Er stellte den Behälter vor sich auf den Tisch. »Meine Herren, wir haben auch unsere Überzahl ins Treffen zu führen. Heute haben wir vierzigtausend Mann unter Waffen, unser Feind hat auf Tensor nur zehntausend Soldaten stationiert. Morgen werden wir Hunderttausende hier versammeln. Dann sollen wir dasitzen und warten, bis die sagenhaften Außenseiter eingreifen?« Allgemeines Raunen. Er verschaffte sich mit einer Handbewegung wieder Gehör.

»Wir können nicht einmal sicher sein, daß diese Außenseiter existieren! Welche Beweise haben wir denn? Das Gerücht stammt von einem Sterbenden, einem Gefangenen vom Planeten Mellic, der im Laderaum eines Raumschiffes drei Wochen lang radioaktiver Strahlung ausgesetzt war. Wer weiß, wieviel von seiner Erzählung seiner Krankheit zuzuschreiben ist. Wie stark werden die Truppen der Föderation erst sein, bis dieses sagenhafte Volk aus dem Nichts auftaucht, um einem anderen Volk zu Hilfe zu kommen, von dem es noch nie gehört hat! Ebenso könnten wir zu den Göttern unserer Väter zurückkehren und sie um Hilfe anflehen. Sie können uns in unserer Not ebenso wenig beistehen wie die Außenseiter.«

Dann erhob sich Fedo wieder und brachte seinen letzten Einwand vor: »Freunde, was sind schon Zahlen gegen den Regen? Können Zahlen allein das Feuer, das Gas und die Bomben abwenden? Können Zahlen den tödlichen Strahlen widerstehen, die jeden Gegenstand in nichts auflösen? Wir kennen die Stationen, in denen die Soldaten hausen, das Gebiet, das sie um ihre Stützpunkte gesäubert haben! Wir kennen die tödlichen Strahlen, die zerstören, was sich im Sperrgebiet bewegt! Und auch die Gaswolken, die den Tod noch sehr viel schneller verbreiten. Wie sollen wir sie besiegen, wenn wir nicht einmal imstande sind, uns ihnen zu nähern? Diesen Irdischen, die ungehindert unsere Städte betreten? Ja, eine Handvoll könnten wir töten! Genug, um ihren Zorn auf uns zu lenken! Und was dann? Ich werde es euch sagen . . . dann kommt die Vernichtung! Die totale Vernichtung!«

»Wie die Dinge jetzt liegen, müssen wir ständig mit unserer Vernichtung rechnen.«

»So weit sind sie bis jetzt noch nicht gegangen!«

»Sie warten doch nur Verstärkung ab! Wir haben eine entsprechende Nachricht abhören können. Ein Monat. So viel Zeit bleibt uns noch. Ein ganzer Monat!«

Trol hob die Hand.

Damit war die Debatte beendet. Jede Seite hatte drei Stunden zur Verfügung gehabt, ihren Standpunkt vorzutragen. Jetzt lag es an ihm und seinen Ratgebern, eine Entscheidung zu fällen. Er wollte sich eben mit seinem engeren Stab zurückziehen, als man eine wichtige Nachricht brachte.

»Aus dem gelandeten Raumschiff ist ein Metallroboter ausgestiegen! Das Schiff ist radioaktiv verseucht, eine Annäherung daher unmöglich. Der Roboter selbst ist nur schwach radioaktiv. Er hat sich bis jetzt zu keiner Aktion gegen unsere Beobachter entschlossen, obwohl sie sich in seiner Reichweite befinden. Sie erwarten weitere Anweisungen.«

»Ich bin schon unterwegs!« rief Luo umDie und sprang auf. »Das und Lewi, kommt mit mir!«

Trol nickte zustimmend. »Luo, ich befehle dir, die Sache zu übernehmen. Halte mich per Funk auf dem laufenden. Nimm so viele Wissenschaftler mit, wie du das für nötig hältst. Seid auf der Hut vor einer Falle . . .«

Luo verbeugte sich. Die blauen Augen blitzten vor hoffnungsvoller Erregung.

Ein Roboter! Wenn es ihm gelang, ihn zu programmieren! Wenn das Ding mehr war als nur ein einfaches Gerät wie die Roboter der Weltföderation!

Eine Abteilung von zwölf Mann schlich so lautlos durch die dichten Wälder wie die Tiere, die sie neugierig beäugten. Die Humanoiden auf Tensor hatten gelernt, mit ihren ausgedehnten Waldgebieten zu leben. Sie hatten sie nicht den Anforderungen der Technik geopfert. Wälder wurden um ihrer selbst willen geliebt und geschätzt. Der sehr selten vorkommende Waldfrevel wurde so streng geahndet wie das noch seltenere Verbrechen gegen den Menschen. Als sie sich dem Landeplatz des Roboters näherten, stießen sie auf Wachtposten.

»Er ist ausgestiegen und hat sich seither nicht mehr gerührt«, sagte der Patrouillenführer. Er bedeutete Luo, sich ganz leise zu nähern. Sie bezogen Posten hinter Bäumen und blickten zu dem Roboter hinüber, der unter den Strahlen der untergehenden Sonne rotgolden erglühte.

»Habt ihr schon versucht, Kontakt aufzunehmen?«

Der andere schüttelte den Kopf. Er ließ den Roboter nicht aus den Augen.

Der Roboter wartete bewegungslos ab. Er brauchte Treibstoff . . . Wie er sich Treibstoff verschaffen konnte, hatte man ihm nicht beigebracht. Bedroht wurde er von niemandem. Also wartete er. Hätte sich ihm jetzt niemand genähert, hätte er bis in die Ewigkeit so dagestanden.

Wind und Wetter hätten seine Metall- und Kristallteile zerfressen und seine chemischen Gedächtnisspeicher ausgelöscht. Er registrierte die leise Unterhaltung der Eingeborenen, drehte jedoch die Schädelkuppel nicht in die Richtung, aus der die Stimmen kamen.

Die Worte waren für ihn ohne Bedeutung.

Er mußte erst den zu Übersetzungszwecken bestimmten Stromkreis aktivieren.

»Wir können hier nichts mit ihm anfangen. Sollen wir ein Vernichtungskommando anfordern?«

»Nein, wir dürfen ihn nicht beschädigen, bevor wir ihn nicht untersucht haben!«

Die Worte des Wachtpostens hatten einen zweiten Kreis aktiviert – jenen Kreis, der die Defensivmaßnahmen in Gang setzte. In der Schädelkuppel öffnete sich ein Spalt. Infrarote Tastorgane orteten den Sprecher, erfaßten ihn und blieben auf ihm haften. Der Kreis, der den Laserstrahl auslöste, stand unter Spannung. Doch der Rückkoppelungsmechanismus meldete, daß kein Angriff zu erwarten war. Der Roboter wartete, wachsam und zur Verteidigung bereit.

»Wir müssen ihn ins Hauptquartier schaffen! Hier draußen können wir ihn nicht lassen. Feindliche Flugzeuge könnten ihn entdecken und zerstören.«

Der Roboter überprüfte das Gehörte. Zur Flucht reichte sein Treibstoff nicht mehr. Vom Auftanken hatte er keine Ahnung. Er war lediglich imstande, auf einen Angriff zu warten und ihn abzuwehren. Er konnte auch zulassen, daß man ihn aus der Gefahrenzone wegschaffte. Mit jeder dieser Möglichkeiten hatte er bereits Erfahrung gesammelt. Er hatte geduldig abgewartet, war geflohen und hatte Angriffe mit einem Präventivschlag abgewehrt. ›Jedesmal, wenn er zugelassen hatte, daß man ihn irgendwohin transportierte, hatte er mehr über sich erfahren und sein Leistungsvermögen verbessert. Man wollte ihn also wieder einmal wegschaffen. Der Roboter rollte langsam auf die Männer zu. Im weichen Boden sanken die Räder ein. Er blieb stehen und ließ die Fußteile herunter. Jetzt konnte er sich rascher fortbewegen. Luo beobachtete sein Näherkommen voller Scheu und mit einer leisen Angst.

13

Auf Tensor gab es Bäume mit ganz besonderen Eigenschaften. Ihr Holz war biegsam und spielend leicht zu formen. Man konnte daraus Möbel, Geräte und sogar Maschinenteile herstellen, ohne daß dazu besondere Werkzeuge nötig gewesen wären. Das Holz trocknete nur langsam; doch wenn der Trocknungsprozeß bei einer Temperatur zwischen vierzehn und sechzehn Grad Celsius stattfand, wobei die Luftfeuchtigkeit nicht mehr als zehn Prozent betragen durfte, wies das Endprodukt nach einem halben Jahr den Härtegrad acht nach der Mohrschen Skala auf. Von allen in der Galaxis vorkommenden Materialien waren nur Korund und Diamant härter. Die aus dem Norden stammenden Hölzer wurden im Verlauf des Trocknungsprozesses tiefrot, die Bäume aus den südlichen Zonen hellten mit zunehmendem Alter zu einem blassen Gold auf.

Die Maserung hing von der Art des Schnittes ab.

Furniere konnte man in hauchdünnen Schichten herstellen. Sie waren dauerhafter als Plastik, viel leichter und weitaus schöner.

Der Kommandant der Außenstation neun auf Tensor hatte Anweisung bekommen, keinen einzigen Baum zu fällen. In seinem Befehl stand weiterhin, daß er die Suche nach einer Rotte von Aufständischen aufnehmen sollte, von der man wußte, daß sie sich in den Bergen verborgen hielt, welche die Landmasse fast genau in zwei Hälfte teilten.

Er sollte sie gefangennehmen oder töten. Auf Außenstation neun waren vierhundertfünfzig Mann stationiert, von denen rund zwanzig Prozent – bis auf kleinere Aktionen – noch nie in Kampfhandlungen verwickelt gewesen waren. Weitere zehn Prozent gehörten zum Etappenpersonal; Sanitäter, Wissenschaftler, Beamte – Ballast, den die Armee zwar brauchte, aber nur widerwillig duldete.

Der Kommandant vermutete, daß die Aufständischen mindestens tausend Mann zum sofortigen Einsatz zusammengezogen hatten.

Tausende standen in Bereitschaft und warteten nur auf ein Zeichen, sich ihnen anzuschließen.

Er hoffte, sie würden so lange zögern, bis das Raumschiff mit den Geräten für den Aufbau des Energieschirmes im Außenposten landete.

Aufgrund des Befehls, die Bäume zu schonen, konnte er die Rebellen in den umliegenden Waldhügeln nicht ausräuchern, und ohne Schutzschirm über dem Lager konnte er ohne Gefährdung der eigenen Leute auch kein Gas anwenden. Die Festnahme von Geiseln in den größeren und kleineren Städten hatte sich als unwirksam erwiesen. Die Geiseln traten in den Hungerstreik, bis sie verendeten. Sie warfen ihr Leben fort wie Tiere, die sich in einem Versteck verkriechen, um dort zu sterben. Zu

Beginn des Feldzuges hatte er ein Dutzend Städte bis auf die Grundmauern niederbrennen lassen und alle Einwohner getötet. Trotzdem hatte sich die Zahl der Aufständischen erhöht. Noch immer verschwanden die Männer über Nacht aus den Häusern und tauchten, ohne eine Spur zu hinterlassen, in den Wäldern unter.

Verbittert dachte der Kommandant an die ihm zur Verfügung stehenden Waffen.

Laser, Feuerbomben, Gas, Wasserstoffbomben. Keine konnte er einsetzen. Jede stellte entweder eine Bedrohung für die Bäume oder für seine eigenen Leute dar. Aber wenn erst mal der Schutzschild aufgerichtet war! – Er hatte sich bereits einen Schlachtplan zurechtgelegt.

Zuerst sollten die Bergwälder durchkämmt werden, wo sich, wie er wußte, die Aufständischen gesammelt hatten; dann die angrenzenden Gebiete, so daß aus den Städten kein Nachschub kommen konnte. Zu guter Letzt wollte er sich die Städte selbst vornehmen, ohne die Eingeborenen auszurotten. Schließlich wollte er keinen Völkermord auf sich laden. Er wollte nur so viele töten, damit die Macht der Weltföderation demonstriert und die Mitarbeit der Bevölkerung erzwungen wurde. Bis die Raumer mit den Geräten eintrafen, blieb ihm nichts übrig, als abzuwarten.

Auch der Roboter wartete in einer Berghöhle. Ohne Primärauftrag konnte er nur Fakten speichern. Zeit hatte er genug.

Trol starrte ihn vom Eingang her an. Neben Trol stand Luo. »Hast du über ihn noch immer nichts in Erfahrung gebracht?« fragte Trol.

Der Roboter hatte sich seit sechs Tagen nicht mehr bewegt.

»Doch, ich habe sogar schon eine Menge entdeckt. Der Roboter wurde in Handarbeit hergestellt. Deswegen können wir also sicher sein, daß es sich bei ihm um keinen neuen Waffentyp der Weltföderation handelt. Es muß sich vielmehr um einen Prototyp handeln, der seinem Schöpfer entwischt ist. Er muß sich auf dem Weg zu einem anderen Sternensystem befunden haben. Vielleicht gab es eine Katastrophe in seinem Raumschiff, die keiner von der Besatzung überlebte. Das Schiff hat dann automatisch den erstbesten Planeten angesteuert, der in Reichweite war. Der Bursche sieht reichlich harmlos aus und nimmt verbale Befehle entgegen. Wahrscheinlich versteht er aber nur die Weltgruppensprache. Vermutlich ist er so vielseitig programmiert, daß er einen Menschen im Kampf ersetzen kann. Er scheint keine Defensivreaktionen eingebaut zu haben – sehr merkwürdig übrigens. Natürlich kann er einen Laser als Verteidigungswaffe verwenden. Er kann auch Raketen im Flug zerstören. Weitere Angriffswaffen besitzt er nicht.«

Trol zuckte ungeduldig die Achseln. »Kannst du ihn so programmieren, daß wir ihn zu einem Überfall auf den Stützpunkt der Föderation verwenden können? Wir brauchen Vorräte, Treibstoff für die Flugzeuge, Munition, Medikamente! Wenn wir den Kampf fortsetzen wollen, müssen wir den Stützpunkt erobern!«

»Ich glaube, wir könnten ihn einsetzen. Wir müssen allerdings den ganzen Koloß mitschleppen, wenn wir seinen Laserstrahl einsetzen wollen. Es ist mir nicht gelungen, den Laser zu demontieren. Damit hätte ich die Zerstörung des Roboters riskiert. Unser Angriff mit einem Laserstrahl soll die Besatzung der Föderation überrumpeln. Vielleicht können wir in ihren Stützpunkt eindringen, ehe sie sich von ihrem Schrecken erholt haben.«

»Ich habe einen Übersetzer«, sagte Trol. »Er ist vor zehn Minuten eingetroffen. Sobald er gegessen hat, schicke ich ihn zu dir. Versuche es beim Roboter mal mit

Weltgruppenenglisch. Es muß doch einen Weg geben, ihm Befehle einzugeben. Sonst hätte man ihn doch nicht als akustischen Befehlsempfänger konstruiert!«

Luo nickte geistesabwesend, als Trol ging. Luo hatte keine Ahnung von chemischer Speicherung; doch verstand er etwas von Transistoren, Monolithkristallen und elektronischen Relaisanlagen, die er im breiten Brustteil des Roboters freigelegt hatte. Er wußte, wie man die Wissensfakten des Metalldinges vermehren konnte. Er programmierte ihn auf größere Geschwindigkeit um, so daß der Roboter mit den kümmerlichen Motorfahrzeugen der Aufständischen Schritt halten konnte. Luo fragte sich, warum der Roboter Energie verbrauchte, obgleich er regungslos dastand. Er mußte so gebaut worden sein, daß er ununterbrochen Daten aufnahm und speicherte.

Als der Übersetzer kam, machte Luo eine Probe mit dem Laser des Roboters. Als Zielscheibe legte er einen Stein fünfzig Meter weit weg in einen Höhlengang. Der Dolmetscher sollte dem Roboter befehlen, den Stein zu verdampfen. Dieser tat es, aber nichts geschah.

Der Roboter überlegte. Die Zerstörung des Steines führte zu keinem sinnvollen Ergebnis. Deswegen blieb er passiv und wartete.

Mutlos sagte Luo: »Ich vermute, man hat nach der Fertigstellung keine Zeit mehr gehabt, ihn zu programmieren.«

»Kannst du ihn nicht programmieren?«

»Mit der Zeit vielleicht. Nur Gott weiß, wie lange das dauern kann. Inzwischen werden die Verstärkungen eintreffen, und man wird unsere Höhlen und Schlupfwinkel zusammen mit dem Roboter zerstören.«

Der Roboter überprüfte sein gespeichertes Wissen. ›Zerstören!‹ Der Stromkreis, der den Laser auslöste, pulsierte vor Energie.

Doch die Rückkoppelung blockierte ihn.

»Warum haben die uns nicht schon längst verbrannt?« rief Luo. »Wenn die wollten, könnten sie den ganzen Berg verbrennen. Sie haben Laserstrahlen, Bomben ... alles Nötige.«

›Verbrennen‹, ›zerstören‹ ... Das gestörte Gleichgewicht, in das der Roboter jetzt versetzt wurde, stellte eine Verbindung her. Der Laser wurde eingeschaltet, erfaßte den Stein und atomisierte ihn. Der Laser wurde wieder ausgeschaltet. Der Roboter wartete ab.

»Mein Gott«, flüsterte der Dolmetscher erschrocken. »Was ist geschehen? Wieso hat er erst jetzt den Befehl befolgt?«

Luo verbarg nur mit Mühe seine Furcht. Brüsk sagte er: »Verzögerte Reaktion. Ich weiß nicht genau, warum. Wenigstens haben wir jetzt den Beweis, daß er verbale Anordnungen befolgt. Vielleicht können wir doch den Außenposten überfallen, ehe die Verstärkung eintrifft und uns erledigt.«

Im Roboter nahm das logische Abstrahieren seinen Fortgang. Er folgerte, daß ›uns erledigen‹ und ›uns zerstören‹ dasselbe war. Er war ein Bestandteil dieses ›uns‹. Als der Übersetzer ihm den Befehl gab, sich in Bewegung zu setzen, rollte er durch die Gänge und schaltete draußen auf dem felsigen Boden die Raupenketten ein.

Der nächste Versuch mit dem Laser ergab, daß dieser eine Reichweite von über dreitausend Metern hatte.

Jetzt begann eine fieberhafte Tätigkeit. Ein ganzes Team arbeitete Tag und Nacht an dem Roboter, testete seine Fähigkeiten und baute neue ein. Man brachte ihm bei, Bomben zu werfen. Man brachte ihm bei, den Laser als Verteidigungswaffe einzusetzen und mühelos Steine, die man in die Luft warf, zu zerstören. Auch wenn sie aus zwanzig Händen gleichzeitig gegen ihn geschleudert wurden, traf ihn kein einziger. Und selbst wenn man ihn nicht direkt unterrichtete, lernte er ununterbrochen durch das Sammeln und Vergleichen von Informationen. Der Datenvorrat in den chemischen Speicherzellen wuchs. Als die Bezüge immer komplexer wurden, wurden stillgelegte Stromkreise neu aktiviert. Ein ganzer Speicher war für Daten reserviert, die im Hinblick auf den Sekundärauftrag keine Bedeutung hatten. Dieser ›Gedächtniskreis‹ speicherte Bruchstücke von Gedichten, Vogelgezwitscher, leise Stimmen, die von Einsamkeit sangen; Daten über Lichtreflektion und Sonnenuntergänge; Daten über Wachstum, Blumen, Blätter, Moos. Man unterwies den Roboter im Weltgruppenenglisch, aber er registrierte alles, was innerhalb seiner Hörweite gesagt wurde, und übertrug es dann auf die chemischen Speichereinheiten. Er lernte die Begriffe Krieg und Töten und die verschiedenen Namen, mit denen das Töten umschrieben wird. Er lernte, daß man den Feind vernichten, unterwerfen, fangen, ihm entgegentreten muß. All das lief auf dasselbe hinaus: Man muß den Feind töten. Er lernte, daß man nur überlebte, wenn der Feind ›zuerst‹ starb. Zum erstenmal ›begriff‹ der Roboter, worin sein Primärauftrag bestand.

Zwei Tage später marschierten die Männer durch die Wälder zu ihren Stellungen, die rings um den Militärstützpunkt der Weltföderation angelegt waren.

Das Raumschiff mit dem Nachschub war im All geortet worden. Die Aufständischen hatten eine Meldung vom Raumhafen aufgefangen. Das Schiff sollte in sechs Tagen landen. Der Kampf mußte entschieden sein, ehe das Raumschiff eingreifen konnte. Am dritten Tag verließ das motorisierte Kontingent der Aufständischen die Höhle. Mit ihm rollte der Roboter. Er hatte seinen Auftrag verstanden. Im Stützpunkt der Föderation gab es Treibstoff, den er für sein Raumschiff brauchte. Dort im Lager war der Feind, der vernichtet werden mußte, bevor er ihn, den Roboter, vernichtete.

Der Roboter erhielt durch den Dolmetscher seine Befehle: Die Waffen mußten zerstört werden. Die Raketen des Gegners durften ihr Ziel nicht treffen. Die Laserkanonen mußten ausgeschaltet werden, ehe sie eingreifen konnten.

Der Kommandant des Stützpunktes erfuhr von dem Angriff erst, als es bereits Raketen und Granaten hagelte. Die Aufständischen zählten über siebenhundert Mann und verfügten über keine moderne Ausrüstung. Sie besaßen nur Waffen, die sie in den zwei Jahren seit der Invasion der Föderationsarmee hatten anfertigen können. Im Stützpunkt befanden sich vierhundert gut ausgerüstete Kämpfer. Der Kommandant fühlte sich bei dem Angriff eher gereizt als ängstlich. Er befahl die Erwiderung des Feuers, mit allen Mitteln. Die Aufständischen waren noch weit entfernt und verschanzten sich hinter dem undurchdringlichen Wall der Bäume. Die Verteidigung des Lagers wurde von einem Computer geleitet, der Laserstrahlen zur Raketenabwehr einsetzen konnte. Also bestand für den Stützpunkt keine wirkliche Gefahr. Der Kommandant wußte jedoch, daß ihm wegen des Angriffs der Aufständischen eine Untersuchung bevorstand. Wieso hatten sich die Aufständischen unbemerkt dem Stützpunkt nähern können? Woher hatten sie ihre Waffen? Und dergleichen mehr.

Ekelhaft.

Er sah, wie seine Flugzeuge in den kobaltblauen Himmel hinaufstiegen. Dort lösten sie sich plötzlich in Rauch und Dampfwolken auf. Zwei waren bereits atomisiert, ehe der Kommandant sich eingestehen wollte, was er eben gesehen hatte. Und da war es bereits zu spät. Hätte er in den ersten drei Minuten des Angriffs einen Hilferuf durchgegeben, hätte man der Aufständischen vielleicht noch Herr werden können. Aber er hatte keinen Funkspruch losgelassen. Der Kommandant hatte eben keine hohe Meinung von den Waffen und von der Fähigkeit der Aufständischen, mit ihnen umzugehen. Außerdem hätte er nie zugegeben, daß er sie für befähigt hielt, den Laser sachgemäß anzuwenden. In all diesen Punkten hatte er sich gründlich geirrt.

Die Aufständischen hatten das Feuer bereits eröffnet, ehe sie auf günstige Schußweite herangekommen waren. Damit bekam der Roboter Gelegenheit, das feindliche Abwehrfeuer rechtzeitig zu erfassen und die Waffen des Gegners zu orten. Sein Laser richtete sich auf die Raketenwerfer, brannte sich durch die Mauern des befestigten Lagers, durch Gebäude, Menschen, Fahrzeuge, bis zu den Waffendepots. Weißglühend löste sich alles in Dampf auf. Der Computer der Weltgruppe war nur für Defensivaufgaben programmiert worden. Der Laserstrahl erfaßte zwar die einzelnen Geschosse in der Luft, konnte aber den Laserstrahl des Roboters nicht aufspüren. Noch ehe der Kommandant den Computerleitstand auf den Bildschirm bekam, wurde dieser vom Laserstrahl des Roboters erfaßt und ging in einer Rauchwolke auf. Auf einmal gab es innerhalb des Stützpunktes keine Kommunikationsmittel mehr. Das Infrarotgerät des Roboters erfaßte die Menschen im Lager. Sie waren seine Feinde und hörten deshalb auf zu existieren. Als Trol zusammen mit Luo und dem Dolmetscher den Roboter einholte, waren im Stützpunkt der Föderation nur noch fünfzig Mann am Leben. Auf Anordnung von Luo stellte der Roboter das Feuer ein. Er wartete.

Auf dem Stützpunkt gab es Treibstoff. Man würde ihm alles Notwendige über dessen Transport und Verwendung einprogrammieren. Dann konnte er auch die Vorräte in seinem Schiff ergänzen. Er wußte: ›Ein Schiff ohne Treibstoffvorrat ist nutzlos.‹

Luo nahm den Roboter auf das Gelände des Stützpunktes mit und ließ ihn in einem Lagerraum stehen. Man brauchte Luo jetzt, damit er wie die übrigen Männer das Lager ausräumte und alles Brauchbare hinauf in die Berghöhlen transportierte. Trol war mit der Durchsicht erbeuteter Unterlagen beschäftigt. Jetzt wurde ihm zum erstenmal klar, was die erwartete Verstärkung des Außenpostens bedeutet hätte.

»Es handelt sich um einen Energieschild, wie man ihn auch bei Raumschiffen verwendet«, sagte er zu Luo und zeigte ihm die Daten und Gebrauchsanweisungen. Seine blauen Augen blitzten. »Mit diesem Schild und dem Roboter könnten wir sie alle verjagen, ehe sie merken, wie ihnen geschieht.«

»Wir müssen den Funkkontakt aufrechterhalten, damit sie nicht Verdacht schöpfen!«

»Wir können ja sagen, daß ein Gewitter den Kontakt unterbrochen habe.«

Der Roboter stand unbeweglich im Lagerraum. Der Stützpunkt hatte eine Ausdehnung von acht mal sechs Kilometern. Also konnte er alles mit anhören, was innerhalb der Einfriedung gesprochen wurde. Er erfuhr von Beständen an Maschinen mit Atomantrieb. Er hörte von Treibstoffaufbereitung – einem Prozeß, der fast jedes zur Verfügung stehende Material in Treibstoff verwandeln konnte. Der Roboter überprüfte sein Wissen, das den ›Feind‹ betraf. Er entdeckte plötzlich, daß er keine Hinweise darauf besaß, wie weit sich dieser von anderen Menschen unterschied. Er konnte also einen Feind an sich nicht erkennen. Er tastete rasend schnell seine Zellen ab und suchte nach Hinweisen, die zur Identifizierung des Feindes dienen konnten. Ein Feind war jeder, der ihn zerstören wollte. Viele Menschen hatten versucht, ihn zu zerstören. Viele Menschen waren Feinde. Welche? Er besaß keine Daten, nach denen er sie einordnen konnte. Er mußte abwarten …

Inzwischen war ein feindliches Raumschiff gelandet. Man hatte den Feind vernichtet, Luo brachte die erbeutete neue Anlage herbei, und der Roboter registrierte aufmerksam, was um ihn und mit ihm geschah.

Jedes einzelne seiner ›Organe‹ lieferte Teilinformationen, woraus sich ein Gesamtbild formte. Es wurden ein paar Kontakte stillgelegt, jedoch der den Laserstrahl versorgende Stromkreis funktionierte.

Also stellte der Umbau für ihn keine ernste Bedrohung dar, wie ihm die Rückkoppelung meldete. Als Luo die neue Anlage in Betrieb setzte, verschwanden die Umrisse des Roboters. Er wurde unsichtbar. Der Roboter registrierte dabei an verschiedenen Stellen seines Mechanismus Energieverluste. Ein Paar Greifarme hingen schlaff herunter.

Dieser Stromkreis schien teilweise unterbrochen zu sein. Das zweite Greiferpaar war durch Energiedrosselung in seiner Funktionsfähigkeit erheblich herabgesetzt. Das dritte Paar – jenes mit den beweglichen Fingern – wurde überhaupt nicht mehr mit Strom versorgt.

Luo drückte wieder auf den Knopf. Die Energieglocke, die den Roboter unsichtbar gemacht hatte, verschwand wieder.

»Mit dieser Kontrolleinrichtung kann er aus ungefähr sieben Kilometern Entfernung aktiviert werden. Aber die Reichweite läßt sich natürlich noch steigern.«

Trol starrte das kleine Steuergerät an, das Luo in der Hand hielt.

»Laß mich auch mal versuchen«, sagte er, sich mit lauter Stimme selbst Mut machend. Dann drückte er auf den Knopf.

Wieder verschwammen die Umrisse des Roboters wie unter einem Überzug, der sich von der Schädelkuppel abwärts wie ein gleißender Lichtbogen bewegte. Der Roboter rührte sich nicht. Der Abschirmungseffekt entstand durch einen Wechsel in der Beleuchtung, als würde der Roboter mit einem Scheinwerfer angestrahlt, der seine Umrisse nicht mehr erfaßbar machte, weil er zu grell für menschliche Augen war. »Bist du sicher, daß diesen Schild nichts von außen durchdringen kann?«

»Nicht einmal ein Hochspannungsstoß!« Trol hatte die Hand ausgestreckt, Luo hielt ihn zurück. »Gib acht, die Glocke wirkt wie ein Laserstrahl!«

Trol schaltete den Schirm wieder ab. »Morgen machen wir wieder einen Versuch«, sagte er. »Wenn es sich so verhält, wie du sagst, haben wir mit diesem Ungetüm eine perfekte Waffe in der Hand. Kann es durch den Schirm hindurch schießen?«

Luo nickte. »Ich durchschaue die Zusammenhänge noch nicht ganz«, sagte er. »Aber das kommt noch. Ich besitze schließlich sämtliche Unterlagen von der Anlage.« Er wandte seine Aufmerksamkeit wieder dem Roboter zu. »Ich werde ihm einprogrammieren, den Schirm auf Befehl ein- und abzuschalten. Lieber wäre es mir, wir würden ihn erst in Aktion setzen, wenn ich weiß, wo seine Grenzen liegen; wieso er durch den Schirm, der von außen undurchdringlich ist, mit dem Laser schießen kann.«

Trol nickte. »Die Vorbereitungen für den nächsten Angriff brauchen ohnehin Zeit. Komm, gehen wir jetzt lieber zum Essen!«

Der Roboter wartete, bis es im Stützpunkt ruhig geworden war, und nahm dann an sich Reparaturen vor, wie Dr. Vianti es ihm einprogrammiert hatte. Die neue Anlage brauchte viel Platz und wies zahlreiche Stromkreise auf.

Der Roboter tastete sie ab, um festzustellen, welche man umschalten konnte. Er schloß mehrere Stromkreise und gab den chemischen Speichereinheiten elektronische Daten ein. Er regulierte den Energiestrom derart, daß dieser den Verstärker passierte, der auch den Laserstrahl speiste. Und es waren erst ein paar Stunden vergangen, als der Knall eines Energiestoßes die Stille der Nacht erschütterte. Ein Energiewirbel umhüllte den Roboter. Er verschwand hinter seinem Energieschirm – war unsichtbar.

Hinter der Energieglocke suchte nun der Roboter nach den Ursachen, die die Schwächung der anderen Stromkreise herbeigeführt hatten. Er stellte den Strom ab und manipulierte die Stromkreise, bis kein Energieverlust mehr auftrat. Nun war er wieder voll einsatzbereit.

Er stand unbeweglich da und wartete.

Mit dem Auswechseln der Stromkreise hatte der Roboter sich der Steuerung bemächtigt. Als Luo am nächsten Tag den Knopf der Schaltanlage berührte, reagierte der Roboter mit einem Energiestoß, der den Schirm aufleuchten ließ. Luo schnappte nach Luft. Er drückte wieder auf den Knopf: Der Schirm verschwand. Luo entfernte sich und sperrte den Raum sorgfältig ab. Er ging direkt in Trols Büro.

»Ich bekomme es mit der Angst zu tun«, sagte Luo. »Ich habe an dem Schild nichts geändert. Das hast du selbst gesehen. Und heute reagiert die Anlage ganz anders.«

»Soll das heißen, daß der Roboter von selbst unsichtbar wird? Das möchte ich miterleben!«

Sie gingen zurück ins Labor, und wieder tastete Luo

nach dem Knopf. Der Roboter schaltete den Schild ein und wurde unsichtbar.

»Weißt du, wie das zugeht?« fragte Trol. Luo schüttelte den Kopf.

»Ich habe schon gesagt, daß ich die Anlage noch nicht ganz verstanden habe. Und jetzt ist sie mir ein Buch mit sieben Siegeln.« Während er sprach, tastete er wiederholt über den Knopf, ohne ihn einrasten zu lassen. Schließlich drückte er ihn energisch nach unten. Der Kontakt hätte genügt, um den Energieschild abzuschalten. Keine Reaktion. Von Panik ergriffen, drückte er noch stärker. Diesmal verschwand der Schild. Aber es war ihm klar, daß der Roboter schon früher hätte darauf reagieren müssen.

»Sprich kein Wort mehr auf Englisch«, raunte er leise. »Halten wir lieber Distanz! Ich muß jetzt scharf überlegen. Der Roboter hat die Steuerung der Energieglocke selbst übernommen!«

Die zwei Männer verließen, rückwärts gehend, den Raum. »Ist das gefährlich?« flüsterte Trol vor dem Gebäude. Luo bedeutete ihm, still zu sein. Schweigend begaben sie sich in Trols Büro.

»Wir können ihn nicht verwenden«, sagte Luo leise, obwohl er sich in seiner Panik lieber mit lautem Schreien Luft gemacht hätte. »Du hast gesehen, wie er das Lager angegriffen hat. Stell dir die Wirkung vor, wenn er sich dabei noch unsichtbar durch das Gelände bewegt!«

»Trotzdem würde ich ihn gegen unsere Feinde einsetzen. Er hat doch gehorcht, als du auf den Knopf des Steuergerätes gedrückt hast!«

»Begreifst du denn nicht?« flüsterte Luo heiser. »Er versteht uns! Er hat die Bedeutung der Steueranlage erkannt! Er ist so schlau, daß er uns über seine Fähigkeiten im unklaren lassen will! Was kann dieser Teufel wohl noch alles?« Er beugte sich zu Trol hinüber: »Kannst du dich an das Zögern erinnern, als er das erstemal auf unsere verbalen Kommandos reagiert hat? Er hat überlegt! Er hat verstanden, was wir wollen; aber er mußte erst selbst eine Entscheidung treffen. Gott weiß, warum er sich dazu entschlossen hat, uns zu gehorchen! Er hat sich zwar für uns entschieden, aber vorher hat er sich seine Entscheidung überlegt!«

Trol wandte sich unvermittelt ab. Seine Stimme klang barsch. »Mir ist das egal! Zuerst setzen wir ihn ein, wie wir das geplant haben. Von seinen neuen Fähigkeiten darf niemand außer uns etwas wissen. Später überlasse ich ihn dir, und du kannst mit ihm machen, was du willst!« Der Roboter registrierte diese Worte und verglich sie mit bereits Gehörtem. Er änderte ein Wort in der logischen Schlußfolgerung, die er sich gebildet hatte. Für ›viele‹ setzte er ›alle‹ ein. Seine Schlußfolgerung lautete jetzt: Alle Menschen wollen ihn vernichten. Alle Menschen waren deshalb seine Feinde. Er hatte nach einem Primärauftrag gesucht und hatte zunächst keinen vorgefunden. Plötzlich war dieser Auftrag da.

Sein Hauptzweck bestand also darin, Menschen zu töten.

Er mußte Menschen töten, um seine eigene Existenz zu sichern. Und seine Existenz mußte er sichern, weil man ihm das von allem Anfang an einprogrammiert hatte.

Er bewegte sich auf die Tür zu. Beinahe sanft berührte der Laserstrahl das Schloß, verbrannte das Holz nicht, sondern schmolz nur die Metallteile weg. Mit seinem ›Leib‹ stieß er die Tür auf und rollte hindurch. Im anschließenden Raum aktivierte er den Energieschirm und verschwand dahinter. Der Laserstrahl erfaßte die Männer vor dem Gebäude, erfaßte die Passanten auf der Straße und alle, die neugierig herbeigelaufen kamen.

Die Gebäude selbst zerstörte er nicht. Auf den logischen Schluß, daß er damit auch Menschen töten könnte, kam er nicht. Seinen Hörorganen und dem Infrarotdetektor entging keine lebendige Seele. Dann verließ er das Gelände des Stützpunktes, war eineinviertel Stunden später bereits in seinem Raumschiff und betätigte den Treibstoffaufbereiter. Menschen jagten ihn, kamen aus den Wäldern, ohne zu wissen, was sie eigentlich verfolgten. Sie wußten nur, daß der Tod gekommen war. Er schaltete den Laser ein und richtete ihn auf die Wälder. Die Bäume gingen in Flammen auf. Er sichtete eine Stadt, änderte den Kurs und verbrannte sie. Als er endlich draußen im All war, stand der Planet an mehreren Stellen in Flammen. Raumschiffe bildeten auf dem Boden zerschmolzene Massen. Die Mannschaften waren vom Angriff völlig überrascht worden.

Ihnen blieb keine Zeit mehr für Abwehrmaßnahmen.

Draußen im All gab er dem Raumschiffcomputer ein, ihn auf dem nächsten Planeten abzusetzen. Sein Kurs sollte ihn nach Tau Ceti III führen.

14

Trace schwamm durch einen pechschwarzen Trichter nach oben. Obwohl er die Wände nicht ertasten konnte, wußte er, daß sie dort waren. Und er wußte auch, daß sich der Trichter unter ihm immer mehr verbreiterte, bis er geradezu gigantische Ausmaße erreichte. Wenn er zurückblickte, sah er nur tiefes Schwarz, doch er wußte, daß es dort unten farbige Streifen gab, grüne, blaue, goldene und violette Streifen, auch wenn er sie nicht sehen konnte ...

Er hatte Angst anzuhalten, denn dann würde er vergessen,

sich weiterzubewegen. Aber er war so müde, daß er über kurz oder lang würde anhalten müssen. Und wenn er anhielt, würde er in den gewaltigen Raum zurücksinken, aus dem er sich gerade erst emporgekämpft hatte.

Vor ihm in der Schwärze befand sich die Spitze; er spürte, daß sich der Trichter dort so weit verengte, daß er ihn einquetschen und gleichzeitig wie auf einer Streckbank in die Länge ziehen würde. Es würde sehr schmerzhaft sein. Er schreckte vor der zu erwartenden Pein zurück und kämpfte sich doch immer weiter nach oben.

Er spürte, wie er langgezogen wurde, bis er den ganzen Trichter erfüllte, während sich zugleich sein Bewußtsein immer weiter verengte. Plötzlich konnte er die glatten schwarzen Wände des Trichters nicht mehr wahrnehmer, und das empfand er als noch viel erschreckender als die bedrückenden Ausmaße zuvor. Der winzige Lichtpunkt an der Spitze des Trichters wurde heller, aber nicht größer. Er stöhnte und verdoppelte seine Anstrengungen, ihn zu erreichen. Das stechende Licht schmerzte in seinen Augen. Er konnte seine Füße nicht mehr fühlen; sie waren jetzt weit, weit hinter ihm, außerhalb seiner Reichweite.

Der Schmerz nahm zu, begleitet von fernen Schreien und schrillem Heulen. Er mußte durch das Loch und auf die andere Seite gelangen. Das Heulen wurde lauter, und er empfand Scham über seine eigenen Schreie. Doch er schrie gar nicht. Mit einer letzten schmerzhaften Anstrengung quetschte er sich hinaus, und das Heulen erklang dicht neben seinen Ohren.

Trace erwachte und setzte sich auf. Es war der Wind. Der Morgenwind hatte ihn geweckt. Ihm war kalt. Er fühlte sich krank. Was ihm wohl fehlen mochte? Kälte, Fieber, Müdigkeit. So müde, wie er sich noch nie in seinem Leben gefühlt hatte. So müde, daß er jede Bewegung scheute. Er saß da und lauschte dem Wind draußen im Tal, der ab und zu einen Windstoß durch den Kamin schickte. Er hatte den Wind satt bis oben, hatte die Fähre satt, den Sand, den Felsen und sich selbst ... Er starrte ins Leere. Ja, am meisten hatte er sich selbst satt.

Als er sich aufraffte und sich zu den Lebensmittelvorräten schleppte, waren seine Bewegungen quälend langsam ... Mit geschlossenen Augen quetschte er eine der Tuben und versuchte nicht an die Paste zu denken, die jetzt seinen Mund füllte und ihn fast erstickte. Mehr als eine halbe Tube konnte er nicht hinunterwürgen. Später würde er mehr essen, gelobte er sich. Er nahm einen Schluck Wasser und behielt ihn so lange als möglich im Mund, bevor er ihn die Kehle hinunterrinnen ließ. Es reichte bei weitem nicht, um den Nachgeschmack des Nahrungskonzentrates hinunterzuschwemmen.

Er wollte die Suche nach der Fähre erst fortsetzen, wenn die Sonne im Zenit stand. Inzwischen mußte er das Tal absichern. Heute morgen, abends und am nächsten Morgen. Welcher Tag war heute? Es wollte ihm nicht einfallen. Ihm kam vor, er wäre schon seit Monaten oder Jahren hier im Tal. Vielleicht war er hier im Tal geboren worden, und alles andere waren nur Einbildungen – Phantome, die ihm durch den Kopf gingen und sich auf andere Örtlichkeiten und Zeiten bezogen. In Wirklichkeit kannte er auch nichts anderes mehr – nur den Talkessel, die Sonne, Wind und den Sand. Jetzt war der Wind im Abflauen. Als er die Luke öffnete, wurde sein Gesicht starr. Er schüttelte wütend den Kopf und machte kehrt. Er hatte seinen Anzug vergessen. Mit steifen, unbeholfenen Händen zog er ihn an. Sofort war ihm viel zu heiß, obwohl er vorher gefroren hatte.

Trace fiel ein, daß es noch zwei Eingänge ins Tal gab: einer lag dem Kamin fast genau gegenüber, der andere weiter links. Beide waren zwar steil, aber für den Roboter begehbar. Als er aus dem gedämpften Licht der Fähre in das grelle Licht des Tages hinaustrat, brannten die Augen wie Feuer. Er konnte nur blinzeln. Er schwankte über den Talboden, stolperte ein paarmal über Felsbrocken, die er nicht rechtzeitig bemerkt hatte. Als er bei der gegenüberliegenden Felswand angelangt war, war er schon etwas weniger benommen. Der Durchbruch war steil, stellenweise sehr schmal, aber nicht zu eng für den Roboter. Der Boden war mit Steinen übersät, die sich bei jeder Krümmung an den Wänden auftürmten. Die Kehren bildeten schroffe Zickzacklinien. Er kletterte durch den Paß, kroch über aufgetürmte Steine und durchwatete Sand, der sich an den Geröllhalden abgesetzt hatte. Am Ende des Durchbruches angelangt, rang er nach Luft und sank im Schatten einer hohen Felswand zusammen. Auch als sich die Lungen etwas beruhigt hatten, blieb er liegen. Er war zu erschöpft für weitere Anstrengungen. Zu beiden Seiten befanden sich Granitfelsen. Wie mag es bloß zur Bildung dieses engen Durchbruches gekommen sein, fragte er sich. Vielleicht war hier eine Sandsteinschicht verlaufen, die später ausgehöhlt worden war. Jedenfalls war hier ein Keil aus dem Granit herausgebrochen. Oder war es gar ein Felsen aus weicherem Gestein gewesen, der vom Sandsturm zerrieben worden war?

Von seinem momentanen Standort aus konnte er das Tal nicht einsehen. Wieder mußte er sich eingestehen, daß er mit seinem Versteck großes Glück gehabt hatte. Wenn der Roboter nicht mit seiner Fähre im Talkessel landete, war er vor ihm relativ sicher, wenn es ihm, Trace, glückte, die ›Eingänge‹ richtig zu verschanzen ...

Er raffte sich auf, um den Rückweg anzutreten. Bei einer Biegung blieb er stehen und studierte das Gelände. Wenn er hier einen Windfang anlegte! Er kniff die Augen zusammen, als er sich vorstellte, wie der Sand vom Talkessel in den Durchbruch hineingeweht wurde. Der aufgestaute Sand würde wie eine Schneewächte wirken. Der Durchgang war an dieser Stelle keine drei Meter breit. Man würde eine Stütze von dieser Breite brauchen – so massiv, daß sie dem Wind standhielt. Mindestens eineinhalb Meter hoch, wenn nicht gar zwei. Material war reichlich vorhanden. Steine lagen hier genug herum.

Der Gedanke an den Schweiß, den ihn diese Arbeit kosten würde, schreckte ihn ab. Er riß sich zusammen und machte sich an den Bau des Schutzwalles. Er schaltete seine Gedanken ab, während er Steine zum Bau des Walles herbeiwälzte und schleppte und einen über den anderen türmte. Als er die erste Barriere errichtet hatte, übersprang er sie mit einem Satz und ging die Steigung hinauf bis zur letzten Biegung. Behutsam schob er dort die Steine zusammen. Er wollte nicht, daß sie losrollten, ehe er nicht unten den Mauerwall vergrößert hatte, der sie auffangen konnte. Bei der vorletzten Biegung ging er ähnlich vor. Dann kehrte er zum ersten Wall zurück. Während er die Barrikade vergrößerte, führte er leise Selbstgespräche:

»Nicht ein Sandkörnchen kommt da durch, mein Junge. Wenn der Sand aus Gold und Silber bestünde – hier würden wir so viele Reichtümer ansammeln, daß wir die Erde damit kaufen könnten.«

Trace stieß unzusammenhängende Sätze hervor, während der Wall immer höher wuchs. Zunächst bis zu den Knien, dann bis zu den Schenkeln. Er arbeitete ganz automatisch, ohne die Hitze oder seine protestierenden Muskeln zu spüren oder das Gewicht der Gesteinsbrocken, unter denen er wankte.

Ihm fiel ein Gewitter ein, das er auf der Erde erlebt hatte. Es war an einer Küste gewesen, wo die Häuser aus den Klippen bis zu einer Höhe von dreihundert Stockwerken emporwuchsen und Tausende von Menschen beherbergten. Soweit er die Küste überblicken konnte, hatte er nur solche Bauten gesehen. Er hatte gespürt, daß auch dahinter kein Land, sondern nur ein Meer von Häusern lag. Vor ihm hatte sich der Ozean erstreckt mit seinen Wogen voll schwerer, geheimnisvoller Düfte und mit den Winden, die nach Freiheit schmeckten. In grauer Vorzeit hatten die Menschen ihren Lebensraum ins Meer erweitern wollen, doch war es dann nie so weit gekommen. Statt dessen hatte der Mensch den Sprung hinaus ins All gewagt, und die Ozeane waren fremd und unbekannt geblieben.

Das Gewitter war vom Meer heraufgezogen. Wind, Regen, Blitz und Donner. Er hatte auf dem Balkon seiner Wohnung gestanden und hatte sich schon gefürchtet, als das Gewitter herannahte. Von noch größerer Furcht wurde er ergriffen, als es dann mit aller Gewalt losbrach. Es war eine urzeitliche Angst gewesen – unerklärlich und selbst durch das Bewußtsein der Sicherheit, welches die massive Konstruktion der Häuser verlieh, nicht gemildert. Doch die Eingeborenen ließen sich von dem Unwetter nicht aus ihrer Ruhe bringen.

Auf der Venus gab es keine Gewitter.

Die Regengüsse kamen mit öder, schwerfälliger Regelmäßigkeit an grauen Tagen mit hoher Luftfeuchtigkeit. Sie hatten mit der Wildheit von Erdgewittern nichts gemeinsam.

Nie wieder hatte er ein Gewitter erlebt. In den hintersten Winkeln seines Bewußtseins hatte er immer den Plan gehegt, zur Erde zurückzukehren und einen der immer seltener werdenden regierungseigenen Landflecken aufzusuchen, wo es noch Bäume und Hügel gab. Dort wollte er warten, bis sich wieder ein Gewitter zusammenbraute. Es hatte in seinem Inneren etwas aufgewühlt, was bis zu jenem Tag in ihm geschlummert hatte. War es Demut oder etwas, das man als Gewissen bezeichnen konnte? War es eine ihm unbekannte Kraft?

»Unser Wetter ist immer mild«, hatte Lar gesagt. Diese Worte hatten ihn damals traurig gestimmt, ohne daß er den Grund dafür angeben konnte.

Trace geriet unter dem Gewicht eines Felsbrockens ins Wanken und stürzte. Er blieb mit geschlossenen Augen liegen und fragte sich, ob er imstande sein würde, wieder aufzustehen. – Eine flüchtige Begierde nach Lar wallte in ihm auf. Er wußte mit einemmal, daß er sich immer gewünscht hatte, sie mit der Gewalt eines Gewitters zu nehmen. Eines Gewitters, das das Land liebt, auf das es niedergeht. Er wollte sie nackt in seinen Armen halten, während die Blitze zuckten und der Donner grollte. Er wollte die durch das Wüten der Elemente aufgewühlte Angst erleben und sie im Wüten der Liebe wieder vergessen.

»Mutter, du hast dich geirrt!« stöhnte Trace mit geschlossenen Augen. Sein gepeinigter Körper schmerzte, aber noch ärger waren die Qualen seiner Begierde, die nicht nachließ, sondern wuchs.

Marry Corrine, mein Junge. Es ist doch nur eine Formsache. Die Familie besitzt Geld und hier und dort auch etwas Land. Jemand muß diese Dinge nach dir erben ... Nein, wende dich nicht ab. So ist es nun mal üblich. Dein Vater und ich haben uns nur drei- oder viermal gesehen. Alles in allem war es ein sehr zufriedenstellendes Arrangement. Und Corrine wird keine Forderungen stellen. Bei einem Sohn wäre das anders.

Soldat zu werden ...

Natürlich. Wir haben unsere eigene Familientradition, genau wie Corrine. Unsere Söhne sind immer Soldaten geworden. Du bist jetzt ein Mann, mein Junge, mit all den Pflichten und der Verantwortung eines Mannes. Liebe ist nichts als Einbildung. Das mußt du mir glauben.

Ich weiß, daß du romantische Vorstellungen hast, genau wie alle jungen Männer. Daran ist nichts Schlechtes, aber du mußt auch realistisch bleiben. Du glaubst, irgendwo wartet das ideale Mädchen auf dich, und wenn deine Dienstzeit abgelaufen ist, würdest du irgendwo ein paradiesisches Fleckchen finden, deine Prinzessin heiraten und glücklich bis an dein Ende leben ... Aber so etwas gibt es nicht. Erdenmenschen können sich nicht mit fremden Rassen vereinigen. Alien-Mädchen sind nicht einmal menschlich, das weißt du doch.

Lar lockt ihn mit ihren blitzenden, schwarzen Augen.

Du mußt mich nicht fragen, Captain. Und das weißt du auch genau. Die anderen Soldaten fragen die Frauen auch nicht. Sie nehmen sie einfach. Willst du jetzt so tun, als wäre es anders?

Sei verdammt, Lar!

Ich bin diesem Mädchen begegnet, Duncan, klein, dunkles Haar, schwarze Augen ...

Ich weiß, was dir fehlt, mein Freund. Komm, wir suchen etwas Passendes für dich.

Sie tun mir weh, Captain. Bitte ...

Genau das will ich ja, du Miststück! Ich will dir weh tun. Verdammte Alien-Hexe!

Blutend und schluchzend, große, tränenerfüllte blaue Augen, das Gesicht vor Schmerz verzerrt ...

Trace lag auf dem heißen Boden und dachte an das Mädchen, das er mißbraucht hatte, nachdem er von Lar fortgegangen war. Er kannte nicht einmal den Namen des Mädchens, und er wußte auch nicht, wie schlimm er sie verletzt hatte.

»Lar«, flüsterte er, »es tut mir leid . . .«

Schwerfällig stemmte sich jetzt Trace vom Boden hoch. Die Sonne stand senkrecht über ihm. Es war wieder Mittag. Alles tat ihm weh. Er fühlte einen undefinierbaren Schmerz, der ihn nie verließ, eine Leere, die durch nichts zu befriedigen war. Er würdigte den Wall keines Blickes mehr, sondern taumelte wie ein Betrunkener aus dem Durchbruch in der Kesselwand.

In der Fähre ruhte er sich einige Minuten aus, ohne irgendeinen Gedanken fassen zu können. Irgendwie schien die Zeit im Wandel begriffen zu sein. Wenn er nicht daran dachte, hatte er kein Gefühl mehr für den Rhythmus der Zeit. Er hätte nicht sagen können, ob er fünf Minuten oder Stunden auf dem Liegesitz ausgeruht hatte. Er wußte, daß er die Suche nach der Fähre des Roboters fortsetzen mußte.

Er griff nach einer Tube mit einer Fruchtmischung und einem Fleischkonzentrat und würgte den Tubeninhalt tapfer hinunter. Er entdeckte, daß ihm alles viel leichter fiel, wenn er nicht daran dachte, was er tat, sondern nur seine Hände und Halsmuskeln in Bewegung setzte.

Er fühlte sich allem weit entrückt. Sorgfältig maß er seine Wasserration ab und nahm geistesabwesend einen Schluck. Er bedauerte das aber sofort, denn plötzlich hatte er das Gefühl, er habe überhaupt nicht getrunken. Er durchsuchte den Vorrat seiner Medikamente, fand aber kein Mittel, das sein gestörtes Verhältnis zur Umgebung wieder ins Gleichgewicht bringen konnte. Er fühlte, daß er diese merkwürdige Bewußtseinsspaltung nur so lange unter Kontrolle halten konnte, wie er sich ihrer bewußt war. Er versuchte, ein fiebersenkendes Mittel zu schlucken, und brachte das nicht fertig. Die Kapseln blieben ihm in Mund und Kehle stecken und drohten ihn zu ersticken, bis er schließlich einen Schluck Wasser nahm und sie hinunterspülte.

Er zog seine Aufnahmen heraus und zwang seine Augen, sich auf die Strahlenspuren zu konzentrieren, die er überflogen hatte. Es gelang ihm nur mit äußerster Willensanstrengung. Sein Blick schweifte immer hinaus zu den Felstürmen, die ihre Schatten auf die Karte warfen. Sorgfältig stellte er die automatische Steuerung ein und überprüfte sie sicherheitshalber noch einmal. Außer bei Übungen hatte er sie noch nie benützt. Falls er jetzt die Kontrolle über das kleine Fahrzeug verlor, würde es von selbst an den Ausgangspunkt zurückkehren. Jetzt hatte er die Gewißheit, daß er im Falle einer Ohnmacht wieder im Kessel landen würde.

Trace steuerte die Fähre zwischen den Felsen hinaus. Ein Gefühl des Leichtsinns überkam ihn. Ab und zu hatte er den Eindruck, im Inneren eines Fahrzeuges zu sein, das sich nicht bewegte, dann wieder glaubte er, daß er draußen auf schwankendem Boden stünde. Als er wieder die auf der Karte eingezeichneten Strahlenspuren überflog, steuerte die Fähre bereits auf automatischem Kurs. Jedesmal, wenn die Fähre eine der quer verlaufenden Spuren kreuzte, geriet sie ins Schwanken. Er mußte schließlich wieder selbst das Steuer übernehmen.

Aufgewirbelter Sand lagerte sich in den Fugen ab. Die Strahlenwarnanlage ratterte dauernd. Das Rattern verwandelte sich in Stimmen. Duncan, die Männer im Raumschiff, seine Mutter, alle redeten wirr durcheinander.

Eine Landung wagte er nicht. Seine Fähre würde nur radioaktiv verseucht werden, und dann wurde die Warnanlage zu einer nutzlosen Einrichtung.

Er war bereits zwei Stunden unterwegs, als er plötzlich hellwach wurde. Sein Kopf war plötzlich klar. Er fluchte erbärmlich, als er auf den Kilometeranzeiger blickte. In dem Zustand, in dem er sich befand, hatte er die andere Fähre bestimmt schon dutzendmal überflogen, ohne sie wahrzunehmen. Auf seinem Film mußte sie jedoch zu sehen sein, wenn er sie tatsächlich überflogen hatte. Das konnte er aber erst feststellen, wenn er den Film auswertete.

Unter ihm schienen sich mindestens ein halbes Dutzend ›heiße‹ Spuren zu kreuzen, die in verschiedene Richtungen auseinanderführten. Hier hatte der Roboter offenbar seine Suche nach ihm und Duncan begonnen. Später hatte der Roboter ›begriffen‹, daß er nicht jede falsche Spur wieder bis zum Ausgangspunkt zurückverfolgen mußte, was er anfangs immer getan hatte.

Auf einmal war Trace hellwach. Der Roboter war also immer wieder zum Ausgangspunkt zurückgekehrt. Hier mußte demnach die Stelle sein, wo er gelandet war. Die beschädigte Fähre konnte also nicht weit entfernt sein.

Er drosselte das Tempo und studierte eingehend den Boden. Er suchte den Felsen, von wo aus er den Roboter beobachtet hatte. Die Fähre selbst konnte keinen Alarm auslösen. Die Strahlung wurde nämlich unterhalb der Energieglocke in den Boden abgeleitet.

Deshalb suchte er zwischen den heißen Spuren nach einer strahlungsfreien Stelle. Er achtete darauf, daß jeder Quadratmeter des überflogenen Gebietes aufgenommen wurde. Dann wurde es höchste Zeit, in den Kessel zurückzufliegen. Als er wendete, sah er plötzlich die schwarze Basaltklippe.

Er war starr vor Erregung. Und dann übernahm er selbst wieder das Steuer und umkreiste den Felsen. Er versuchte jene Stelle auszumachen, wo er damals gestanden hatte. Er umkreiste ihren ersten Landeplatz. Die radioaktiven Spuren wurden immer dichter. Der Roboter hatte damals ihren Lagerplatz umrundet. Da Trace wußte, daß er das kritische Gebiet lückenlos auf einem Film aufgezeichnet hatte, drehte er ab. Er würde den Film eingehend studieren und so das Versteck der anderen

Fähre entdecken. Innerhalb weniger Minuten war er gelandet, hatte seine Karten herausgezogen und die Filmaufnahmen darauf ausgebreitet.

Da oder dort ... Er entdeckte vier strahlungsfreie Stellen, an denen die Fähre versteckt sein konnte. Zwölf Meilen von seinem Tal entfernt gab es Treibstoff, Sauerstoff und Wasser! Es mußte einen Weg geben, an diese Vorräte heranzukommen, ohne daß er oder seine Fähre zu viele harte Strahlen abbekamen ... Es mußte einen Weg geben, in die Fähre einzudringen, wenn er einmal den genauen Standort festgestellt hatte. Er durfte seinen schwindenden Treibstoffvorrat nicht mit Hin- und Rückflügen verschwenden, ehe er einen genauen Plan entworfen hatte. Morgen. Bis morgen würde er alles durchkalkuliert haben, und dann ... Er dachte an den Wasserbehälter, der in der anderen Fähre lag. Vor Begierde wäre er fast in Tränen ausgebrochen.

»Verdammter Duncan«, flüsterte er und dachte an das Wasser, das vom Körper des Verletzten geronnen und auf diese Weise vergeudet worden war.

Er nahm einen Schluck von seinem letzten Vorrat. Morgen war das Wasser aufgebraucht. Morgen mußte er die andere Fähre finden, sonst würde er verdursten.

Er mußte den Talkessel so verbarrikadieren, daß ihn der Roboter nicht im Schlaf überfallen konnte. Er lachte und machte sich auf den Weg zu seinem Steinwall. Er hatte nicht eine Stunde Zeit, bis ihn der Wind in die Fähre zurücktreiben würde. Bis dahin wollte er den Wall fertig bauen ...

15

Als Trace aus tiefem Schlaf erwachte, konnte er die Hand nicht vor den Augen sehen. Sein Körper war abgestorben. Er trieb dahin und wurde getrieben, ohne zu merken, wo oben und unten war. Nirgends ein Geräusch. Es herrschte vollkommene Stille.

»Ich bin wach, das ist kein Traum. Ich phantasiere. Das muß es wohl sein. Es wird vorbeigehen.«

Von irgendwoher kam ein Geräusch. Er lauschte angestrengt. Die Kadetten der Raumflotten sangen ein Lied. Dann folgten Bilder in leuchtenden Farben, manche wie Fotoschnappschüsse, manche dreidimensional.

Brennende Hütten, zuckende Leiber, bettelnde Mädchen und Kinder, ein in Schutt und Asche versinkendes Paradies. »Gleichgültigkeit ist schlimmer als Brutalität, Captain Tracy. Das sind Menschen wie du und ich und die ›Außenseiter‹!«

Trace saß noch immer dort, wo er sich am Abend niedergelassen hatte, noch immer im Allwetteranzug. Ein Arm hing herunter, der andere lag ausgestreckt auf den Karten. Beide Arme waren eingeschlafen. Den kleinen Stuhl aus Plastik spürte er längst nicht mehr unter sich, ebensowenig wie seine Beine und Füße, die er zu lange in ein und derselben Stellung gehalten hatte. Maske und Helm trennten ihn von der Tischfläche. Bei der geringsten Bewegung spürte er ein Schweben. Er war umgeben von Schaumstoff. Nur der Helm drückte.

Trace hatte das Hörgerät ausgeschaltet. Der Helm ließ kein Geräusch durch. Er hatte vergessen, das Nachtlicht in der Fähre einzuschalten. Es war stockfinster. Er hatte kein Gefühl mehr für Berührung, Hitze, Kälte, Geräusch, Sicht ... keine Wahrnehmungen irgendwelcher Art ... nur ein frei schwebendes, von Umwelt völlig unabhängiges Bewußtsein. Vor seinen angestrengt blickenden Augen zogen wieder Serien von Bildern vorbei.

Schillernde Blasen, die sich aus dem Rahmen lösten – die goldenen Schiffe der Außenseiter.

Es waren schöne Schiffe. Schlank, lang, hinter Energieschildern schimmernd, die ihre Umrisse weich und traumartig erscheinen ließen.

Er hörte sie sprechen: »Wir wollen keinen Krieg; wir wollen niemandem schaden. Ihr müßt in eure Heimat zurückkehren und dürft nicht ins All hinausstreben, ehe euch die anderen Welten nicht willkommen heißen! Ihr müßt zuerst die Waffen ablegen und eure Generäle gegen Männer des Friedens austauschen!«

Trace sah sie über sich. Er stand auf einer Treppe, die sich bis in den Himmel hinauf wand. Seitlich über ihm stand Lar ... Darüber die herrlichen Außenseiter – unmenschlich, übermenschlich, schön. Er hatte nicht gewußt, daß es über ihm noch Stufen gab. Niemand hatte ihm bisher geraten, seinen Blick nach oben zu richten. Er vernahm Lars Stimme:

Wie willst du wissen, was gut ist, wenn du das Böse nicht kennst?

Kann es Schönheit geben in einer Welt ohne Häßlichkeit?

Während er wie erstarrt auf der Treppe stand, änderte sich ein Außenseiter unter seinem Blick. Er nahm metallisches Aussehen an, wurde größer, runder, mit einem einzigen roten Auge in der Stirn. Der Kopf war kuppelartig. Das rote Auge suchte ihn. Er wußte, es suchte nur ihn und würde sich mit keinem anderen zufriedengeben.

Er tastete heimlich mit dem Fuß nach einer tiefergelegenen Stufe. Sie war nicht da. Es waren nur noch Trümmer von der Treppe übrig. Er sah nach unten – und es bedeutete den Tod. Der Abgrund war nicht abzuschätzen, er wäre in die Ewigkeiten abgestürzt.

»Wer hat dich ausgebildet?« rief er dem Roboter zu. Keine Antwort, nur das rot glühende Auge, das ihn suchte. Er sah sich um. Zurück konnte er also nicht. Die Stufen konnte er nicht mehr benutzen. Einen anderen Weg gab es nicht. Es gab nur den Tod, wenn das rote Auge ihn erfaßte, wenn sie beide endlich aufeinander trafen, jeder für einen bestimmten Zweck bestimmt. Jeder zu einem bestimmten Verhalten gezwungen. Die Weichen waren gestellt. Sie würden sich von Angesicht zu Angesicht gegenüberstehen.

Er selbst hatte Tarbo erlebt; und der Roboter war auf Tensor gewesen. Keiner konnte ausradieren, was man ihm eingebaut hatte. Das rote Auge suchte ihn ununterbrochen und würde ihn bald erfassen. Ewigkeiten vergingen. Er mußte etwas unternehmen. Trace schrie auf und schlug mit Armen und Beinen um sich. Er spürte seine Glieder nicht, wußte nicht, ob er sie bewegte. Er wußte nur, daß er sich bewußt bemühte, mit den Armen zu rudern und mit den Füßen zu treten. Eine Hand streifte den Schalter, der die akustische Anlage in seinem Helm einschaltete. Jetzt hörte er seine eigenen Schreie, und mit diesem Geräusch war er von seinem Bann befreit. Die tastenden Hände fanden einen zweiten Schalter. Es wurde hell. Er riß sich den Anzug vom Leib und schleuderte ihn von sich.

Irgend etwas war mit ihm geschehen. Er konnte nur mehr überlegen, konnte nur mehr vor Angst zittern. Wenn er den Anzug anbehalten und keinen Kontakt mehr mit der Wirklichkeit bekommen hätte, wäre er gestorben. Sein Bewußtsein wäre den Phantasiebildern erlegen. Er zitterte, von einem Schüttelfrost überwältigt.

Trace schwankte durch die Fähre und holte sich einen Schluck Wasser. Bis zum Mittag würde das letzte Wasser verbraucht sein. Er hatte Bilder gesehen, die er ein für allemal aus seinem Bewußtsein verdrängen mußte, wollte er nicht riskieren, wahnsinnig zu werden. Doch das Fieber erlöste ihn von seinen düsteren Gedanken. Er streckte sich im Liegesitz aus und schlief augenblicklich ein.

16

Trace erwachte langsam und von Schmerzen gepeinigt. Sein Körper strotzte vor Schweiß, Staub, Sand und geronnenem Blut. Fieber, Plackerei und Hitze hatten sein Fleisch aufgezehrt. Jetzt war er nur mehr lederne Haut über spitzen Knochen.

Er spürte das Fieber, hatte vermutlich dauernd Fieber gehabt, seit er in dieser Hölle angekommen war. Dem Himmel sei Dank für die Fiebertabletten! Eine Gesichtshälfte zuckte, als er nach einer Tube Nahrung langte. Sein Wasservorrat war auf weniger als eine Tasse zusammengeschmolzen. Er nahm den Wassersack und betrachtete ihn betrübt: weniger als eine Tasse.

Er setzte sich mit der Hälfte dieser Wassermenge, einer Tube Früchtegemisch und zwei Anti-Fiebertabletten zum Essen nieder. Die Mundhöhle war trocken, hart und wund, die Lippen rauh. Die geschwollene Zunge füllte den Mundraum vollkommen aus. Trace benetzte sie mit Wasser.

Er mußte den Felsdurchgang inspizieren, in dem er gearbeitet hatte. Automatisch zog er seinen Anzug an, stellte die Höranlage ein, ließ die Lichter in der Fähre brennen und stieg aus.

Seine Füße schienen den Boden kaum zu berühren, als

er das Tal durchquerte. Für dieses kurze Stück brauchte er Ewigkeiten.

Beim Einstieg in den Felsbruch hatte er vergessen, warum er hierhergekommen war. Ein Wall versperrte ihm den Weg. Erstaunt tastete er ihn ab. Er konnte sich nicht mehr daran erinnern.

Der Wall war aus Sand und Felsgestein erbaut, über mannsgroß und reichte von einer Wand zur anderen. Unsicher kletterte er über ein paar Felsbrocken, um besser sehen zu können. Er stellte fest, daß sich die Barriere über die ganze Länge des Passes erstreckte. Dunkel erinnerte er sich daran, daß er hier gearbeitet hatte, als wäre das ein Ereignis, das ein Menschenalter zurücklag.

Das belebende Medikament, das er eingenommen hatte, wirkte endlich. Jetzt wußte er es wieder: Heute war der fünfte Tag. Morgen konnte er bereits mit der Ankunft des Roboters rechnen. Er stand auf und besah sich den Wall. Durch diese Felsschlucht war ein Eindringen ins Tal unmöglich. Er raffte sich auf und machte sich auf den Weg zum dritten und letzten Taleinlaß. Dieser war noch breiter und wies nur zwei verengte Stellen auf. Ein ziemlich steiler Einschnitt, aber doch nicht so, daß der Roboter den Weg nicht bewältigt hätte. Trace folgte dem Durchlaß bis zur Kesselwand hinauf. Er kam nach zwei Windungen zu eine scharfen Kurve von etwa hundert Grad. In dieser Kurve verlief der Einschnitt erheblich steiler als oberhalb und unterhalb dieser Stelle.

Nachdenklich betrachtete Trace den Boden und die Granitwände. Er kletterte bis zum oberen Ende des Einschnittes und begutachtete den schachtartigen Paß von oben.

Man konnte von hier aus erkennen, daß er hinunter ins Tal führte, obwohl man von unten, der scharfen Kurve wegen, den Einschnitt für eine Sackgasse hielt. Der Roboter würde also ›begreifen‹, daß er hier ins Tal eindringen konnte. Wenn es ihm gelang, den Weg in der scharfen Kurve zu blockieren ...

Zu welchem Plan er sich auch entschied: Er mußte ihn heute morgen und nachmittag ausführen. Die Zeit lief ihm davon, und er mußte ständig mit Fieberanfällen rechnen. Welchen Sinn hatte es schon, wenn er den Roboter am Betreten des Tales hinderte? Das war doch nur eine Galgenfrist. Wenn dieser Killer ›wußte‹, daß Trace sich im Tal befand, würde er sich mit allen Mitteln Zugang verschaffen. Die Barrikaden würden ihn ebensowenig daran hindern wie eine Wand aus Spielzeugklötzchen einen Erwachsenen am Betreten eines Raumes.

Trace stieg wieder hinunter zwischen die Felswände.

»Wofür das alles?«

Seine Stimme war ein bloßes Krächzen. Er hatte die Chance vertan, die zweite Fähre rechtzeitig aufzuspüren. Das Spiel war verloren. Der Roboter konnte ja die Energieglocke, die seine Fähre unsichtbar machte, aus der Ferne bedienen. Trace konnte nicht in die Fähre eindringen, solange der Energieschirm funktionierte. Nur wenn er den Roboter dazu zwang, den Schirm abzustellen ...

Er lachte wild auf. Hatte er, ohne es zu wissen, darauf hingearbeitet? Ja, er konnte hier eine Falle bauen. Mit den Mitteln, die ihm zur Verfügung standen: Wind, Sand, Felsen und den natürlichen Gegebenheiten des Taldurchlasses.

Von seinem Standort aus konnte er nur bis zur scharfen Kehre sehen. Zuerst stieg der Boden sanft an. Dann wurde er etwas steiler, bis zu jener Stelle vor der Kurve, wo der Boden sich jäh neigte. Nicht gefährlich, wenn man darauf gefaßt war ... Aber wenn die Stelle unter losem Sand verborgen war, wurde sie zu einer Falle. Der Durchlaß war ober- und unterhalb der Kehre mit Geröll und Felsbrocken übersät. Wenn der Roboter in diesem Einschnitt im Sand einsank, konnte man ihn mit Felsstücken bombardieren. Vielleicht verlor er hier das Gleichgewicht und konnte sich nicht mehr aufrichten. Sobald der Roboter in die Nähe kam, mußte Trace die Falle sorgfältig vorbereitet haben. Sonst würde das ›Ding‹ ins Tal eindringen und ihn töten. Trace durfte den Kampf nicht einfach aufgeben.

Er holte sich Steine vom Talboden und schleppte sie hinauf in die Felsschlucht. Dort deponierte er sie, bis er genug gestapelt hatte, um sie zur Mauer aufschichten zu können. Auch hier würde sich der Sand am Wall ablagern und den Eindruck festen Bodens erwecken. Der schachtförmige Einschnitt war ziemlich lang und enthielt tonnenweise lose Felstrümmer, Blöcke und Sand.

Die Stunden vergingen. Die Sonne brannte. Trace arbeitete pausenlos und dachte nicht mehr an seine Schmerzen. Er stemmte die Steine hoch, schwanke mit ihnen durch den Schacht und legte sie bei der immer höher wachsenden Mauer nieder. Er fragte sich nicht, warum er nicht die in der Nähe liegenden Steine benutzte, warum er jedesmal die Strecke bis zum Talboden zurücklegte. Die Welt verschwamm vor seinen Augen in einem roten Nebel.

»Man darf beim Menschen nicht mit der Bereitschaft zum Töten rechnen, ehe man sie ihm nicht eingeimpft hat. Sechzig Prozent der Menschen haben nie einem Feind gegenübergestanden ... Der Feind ist immer ein Objekt, nie ein Mensch oder eine Gruppe von Menschen oder eine Stadt voller Menschen. Der Feind ist eine Kompanie, ein Ziel, ein Objekt. Ein Objekt kann man nicht erschießen, es kann nicht sterben. Man stellt es und nimmt es ein. Man haßt den Feind nicht. Das kann man sich gar nicht leisten; denn Haß ist ein Gefühl, und einem Mann, der von Gefühlen geleitet wird, kann man nicht

trauen. Ihr erfüllt diese Voraussetzungen. Die anderen werden ausgemustert.«

Er hörte die Worte wie aus großer Entfernung und war sich dessen nicht bewußt, daß er sie selbst ausgesprochen hatte. Aber wie stellten sie fest, wer geeignet war und wer nicht, fragte er sich.

Weil alle auf Tarbo waren.

Er ließ den Stein fallen und blieb für geraume Zeit reglos stehen. Seine Augen sahen weder die Felsen noch den Sand, sondern die nebelverhangenen Wälder von Tarbo. Dort hatte man sie aussortiert, jene, die töten konnten, von denen getrennt, die dazu nicht fähig waren. Die einen erhielten Schreibtischposten, die anderen wurden der kämpfenden Truppe zugeteilt.

Und einige kehrten nie von Tarbo zurück. Wieder erblickte er den rauchenden Revolver in Brunces Hand, sah den sich ausbreitenden Blutfleck auf Gene Connors Rücken. Angeln in einem aufgestauten Bach, hatte Gene gesagt. Er hatte es erraten, und jene, die die Wahrheit über Tarbo erkannten, verließen den Planeten nicht mehr.

Ein Windstoß trieb eine Handvoll Sand gegen seinen Gesichtsschutz. Er zuckte zurück. Angewidert schüttelte er den Kopf und stieß sich von der Felswand ab, an die er sich stützte. Ohne einen Blick auf den Wall zu werfen, den er gebaut hatte, verließ er die Schlucht und überquerte den Talboden. Der Sandsturm drückte ihm den Kopf nach unten. Hitze, Wind und Sand würden ihn schließlich doch besiegen. Es kümmerte ihn nicht mehr.

In der Fähre zog er den Schutzanzug aus und fiel auf den Liegesitz. Wasser gab es nicht mehr. Ohne Wasser konnte er die Nahrungskonzentrate nicht schlucken. Er konnte nicht einmal mehr das Fiebermittel nehmen. Er konnte nur noch warten und auf Schlaf hoffen.

Du bist in der Armee, Trace. Vergiß sie.

»Halt die Klappe, Duncan! Ich wollte, daß du hier bei mir bleibst, aber das hast du nicht getan! Also halt jetzt wenigstens dein Maul!«

Wir brauchen die Unterstützung durch andere unserer Art, Männer, die so ausgebildet wurden wie wir, Mörder, genau wie wir selbst. Denn sonst könnten wir anfangen zu denken.

Handle, mein Junge, aber denke nie nach.

Wer hatte das gesagt? Sein Vater? Trace sah sich suchend in der Fähre um. Was machte sein Vater hier? Er hatte ihn nicht mehr gesehen seit ... seit wann? Er wußte es nicht. Seit seinem siebten Geburtstag? Dem sechsten?

Eine reine Formsache, mein Junge. Das ist alles.

Dann waren sie fort. Er wandte sich der anderen Liege zu und sagte mit krächzender Stimme: »Ich habe versucht, dich zu retten, Duncan. Das weißt du.«

Aber nur weil du Angst hattest, allein zu sein, Trace. Angst zu denken ...

»Du bist auch dort gewesen, Duncan. Wir alle waren dort. Es gehörte zu Ausbildung. Wir waren nicht dafür verantwortlich.«

Klar, Trace, sicher. Vergiß es. Vergiß sie. Sie ist doch nicht einmal menschlich. Du weißt doch genau, wofür sie gut sind.

Er bewegte sich unruhig im Schlaf und stöhnte hin und wieder. Der Wind heulte durch das Tal, aber er hörte ihn nicht.

Auf der anderen Talseite wehte der Wind Tonnen von Sand durch den Felseinschnitt. Ein Teil davon wurde von der Mauer aufgefangen und bildete eine Wehr für weitere Sandmengen. Als der Sturm den Höhepunkt überschritten hatte und nachließ, war der obere Teil des Walles eingeebnet. Die schwarze stille Nacht senkte sich auf den Planeten. In der Fähre verfolgten die Stimmen Trace in seinen Schlaf der Erschöpfung.

Die Strahlenwarnanlage weckte Trace. Der Roboter näherte sich!

Mit fieberglänzenden Augen und zitternden Händen stellte Trace den Radarschirm auf ihn ein. Der Roboter war noch über sechs Kilometer entfernt, kam aber unaufhaltsam näher. Traces Mund war halb geöffnet – er konnte ihn nicht mehr schließen. Er befühlte seine Zunge. Sie war heiß, trocken und geschwollen. Das war der Tod ...

Mit fliegenden Händen startete er die Fähre. Er würde sterben; aber nicht durch den Laserstrahl, nicht durch den Roboter. Er lenkte das Fahrzeug aus dem Kessel heraus und hielt an, ohne die Triebwerke abzustellen. Er wollte warten, bis der Roboter in das Tal eindrang. Dann wollte er in die Wüste hinausfliegen, so weit es sein Treibstoff erlaubte. Er wollte da draußen sterben. Er sehnte sich direkt danach, diesen letzten Rückzug anzutreten.

Er beobachtete den Roboter auf dem Radarschirm. Das Killer-Ding umkreiste das Tal, wie ein schnüffelnder Hund einen Teich umkreist, um die Stelle zu finden, wo die Jagdbeute ins Wasser gefallen ist. Er entdeckte den blockierten Durchgang und versuchte es dort. Er wurde von den Sandmengen abgehalten, die den Einschnitt von Wand zu Wand ausgefüllt hatten. Er fuhr fort, das Tal zu umrunden. Er erreichte den nächsten Durchgang. Dort zögerte er sekundenlang. Trace stellte sich den Durchlaß vor, wie er sich dem Roboter darbieten mußte: ein scheinbar ebener Boden, übersät mit Steinen und Felsbrocken, der sich durch nichts vom übrigen Terrain unterschied.

Der Roboter rollte zum Durchgang. Seine Räder fanden Halt auf dem mit Sand bedeckten Felsboden. Der Lichtfleck auf dem Radarschirm bewegte sich weiter. Trace holte tief Luft und hielt dann den Atem an.

Der Roboter bewegte sich jetzt langsamer. Da er registriert hatte, daß ein Durchgang blockiert gewesen war, war er diesmal auf der Hut vor einer Sperre. Die Spur wurde länger. Sie wuchs mit beängstigender Langsamkeit. Unter den Rädern gab der Sand etwas nach – der Roboter blieb stehen. Er versuchte noch eine Vorwärtsbewegung, diesmal mit den Fußteilen. Das einzige Geräusch, das zu hören war, war das mahlende Geräusch, wenn die Steine zu Staub zerdrückt wurden. Es sah aus, als glitte ein Schatten über den Boden und ließe Sand zurück, wo früher Felsen gelegen hatten. Als der Roboter die mit Sand aufgefüllte Kehre erreichte, verlor er das Gleichgewicht.

Der lockere Sand gab unter den Fußteilen nach, der Roboter kippte zur Seite. Ein runder Felsen kam ins Rollen, traf den Roboter von rückwärts und blieb unter einem Fußteil stecken. Es folge noch ein Brocken, dann wieder einer. Der lockere Sand hielt das acht Tonnen schwere Gewicht nicht aus. Der Roboter rutschte eineinhalb Meter weiter, bevor er sich wieder fangen konnte. Der plötzliche Aufprall seiner Metallmassen war mehr, als die unter dem Sand verborgene Mauer aushalten konnte. Sie gab nach. Es folgte ein Krachen und Bersten von Felsen und Sand, die sich durch den Riß in der Mauer ergossen wie Wasser durch einen geborstenen Damm. Der Roboter kippte um, als der Sand unter ihm nachgab. Über und um ihn geriet eine Fels- und Sandlawine in Bewegung, die alles mit sich riß, was ihr im Weg stand. Felsblöcke prallten von der Felswand ab, trafen die metallene Außenhülle des Roboters und durchschlugen sie teilweise. Der Energieschild schützte ihn zwar vor tödlichen Strahlen, doch gegen Felsen war er machtlos. In den ersten zehn Sekunden, nachdem der Roboter zu Fall gekommen war, wurden die Steuerung seines Schirmes und die Fernsteuerung der Fähre des Roboters außer Betrieb gesetzt.

Dann riß ein Felsblock einen der flexiblen, handartigen Greifarme des Roboters ab. Sofort zog der Roboter seine ›Glieder‹ ein und schloß die Öffnungsklappen.

Doch inzwischen war bereits Sand in seinen ›Brustkorb‹ eingedrungen und hatte die Elektronik beschädigt.

Der Sturz des schweren Roboters riß das Geröll oben von den Hängen los. Ein Steingewitter ging über dem Roboter nieder. Als der Donner verhallte, lag der Roboter unter einem Berg von Sand und Geröll begraben.

Trace starrte hinüber zu diesem Grabhügel aus Fels und Sand. Er erschrak fast, als er sah, was er da in Gang gesetzt hatte.

Doch plötzlich bewegte sich der Hügel. Er hob sich. Ein Steinblock rollte zur Seite, dann wieder einer, und auf der Spitze des Grabhügels zeigte sich ein gleißend heller Fleck. Der Laser war noch intakt! Der Roboter versuchte sich den Weg freizubrennen!

Trace wurde bleich. Er kam sich vor wie in einem Alptraum, in dem der Feind einem stets dicht auf den Fersen bleibt, ganz gleich, wie weit oder wie schnell man auch läuft. Er beobachtete den hellen Fleck, bis er verschwand. Der Laserstrahl war also durchgedrungen. Der Roboter würde jetzt die Bresche erweitern, die Steine wegrollen oder verbrennen – und dann standen sie beide wieder dort, wo sie angefangen hatten! Aber das Loch im Hügel wurde nicht größer. Der Roboter konnte sich nicht mehr bewegen! Der Laser war nicht mehr schwenkbar, der Strahl immer in dieselbe Richtung fixiert!

Trace lachte. Er riß sich dabei die Lippen auf. Seine Kehle schmerzte, aber er lachte und lachte, bis er total erschöpft war und das Lachen in ein Schluchzen überging. Dann starrte er wieder zu dem Loch im Hügel hinüber, das der Laser aus den Steinmassen herausgebrannt hatte. Es hatte sich ein wenig vergrößert. Offenbar verfügte der Laser noch über einen Spielraum von wenigen Zentimetern. Als der schneidende Strahl wieder ein Stück weiter rückte, setzte Trace seine Fähre wieder in Bewegung.

Er landete auf einem Felsen in der Nähe der Stelle, wo der Roboter eingebrochen war. Vorsichtig schlich er näher. Der rote Strahl suchte die Ränder des etwa fünf Zentimeter breiten Loches zu verbreitern.

Trace betrachtete den Hügel. Dort lagen auch Blöcke, so groß wie ein Haus. Er lachte. Seine Lippen zerrissen noch mehr. Er schrie vor Schmerz auf. Wasser! Jetzt mußte er die Fähre sehen können, nachdem der ferngelenkte Schutzschirm zusammengebrochen war. Dann würde er dem Roboter den Rest geben und ihn endgültig begraben.

Er setzte sein Beiboot nur wenige Meter von der Roboterfähre entfernt auf und hätte dabei fast eine Bruchlandung hingelegt. Mit zitternden Händen öffnete er das Vorratsdepot. Wasser – Wasser für zwei Monate!

Er trank in vollen Zügen. Nach ein paar Minuten wurde ihm übel, und er mußte sich übergeben. Dann nahm er nur noch einen Schluck und ließ ihn langsam die Kehle hinunterrinnen. Seine Kehle war so angeschwollen, daß sie fast undurchlässig war.

Nachdem er sich dann sattgetrunken hatte, verlud er Wasser und Treibstoff in seine Fähre und kehrte dann zu dem Felsen zurück, wo der Roboter unter seinem Grabhügel lag. Er mußte in der Nähe bleiben und ihn ständig überwachen. Auch nachts. Dann wollte er den Hügel mit seinen Scheinwerfern anstrahlen und ihn die ganze Zeit beobachten. Am Tag würde er neue Steine auf den Hügel türmen. Auf den Gedanken, mit der Fähre zu seinem

Raumschiff zurückzukehren und dort auf Rettung zu warten, kam er gar nicht. Er hatte den Roboter gefangen. Er mußte ihn jetzt bewachen, bis das Rettungsschiff ihm mit einer Kernwaffe den Todesstoß versetzte. Er blickte hinunter. Er sah, daß die Öffnung im Hügel jetzt über sieben Zentimeter groß geworden war und ringsum immer wieder rot aufleuchtete, wenn der Laserstrahl sich weiter fraß.

17

Trace stieß Geröll über den Felsrand. Er schob alles hinunter, was in seiner Reichweite lag. Viele Brocken wurden in der Luft atomisiert, andere landeten unten und brachten den künstlichen Hügel in Bewegung. Dabei rollten oft mehr Steine vom Hügel, als er hinzufügte. Als der Wind zu stark wurde, flog Trace mit seiner Fähre hinunter in den Kessel. Er trank, wusch sich und aß eine Kleinigkeit. Als der Sturm wieder abflaute, kehrte Trace zum Grabhügel zurück. Er strahlte ihn mit Scheinwerfern an. Sofort zeigte sich wieder der rote Strahl – diesmal nicht an der Hügelspitze, sondern in dreiviertel Höhe auf der dem Tal zugekehrten Seite. Der Roboter hatte also seine Stellung ändern können. Der Wind hatte wieder Sand angetrieben. Auf der einen Seite war der Hügel etwas angewachsen, auf der anderen Seite dafür etwas kleiner geworden.

Trace warf wieder Steine auf den Hügel, bis ihn der Morgenwind in die Fähre zurücktrieb.

Er nickte ein.

Es hört niemals auf, Duncan. Es geht weiter und weiter ...

Eine logisch funktionierende Maschine, Trace, mehr nicht, nur eine Maschine ...

Weiter und immer weiter, automatisch, ohne Gedanken, ohne Gefühl, ohne Schmerz.

Du hast kein Gefühl, Captain Tracy, keinen Gedanken für jene, die die Welten bewohnen, die du eroberst. Du empfindest keinen Schmerz, wenn sie bluten.

Eine Maschine, Trace ... sie kann nur das tun, wofür sie programmiert ist. Sie denkt nicht.

Als Offizier können Sie absoluten Gehorsam von Ihren Männern erwarten, und zwar nicht etwa, weil sie Ihnen beipflichten oder Ihren Plan gutheißen, sondern ganz einfach, weil Sie die richtigen Knöpfe drücken, um sie in Bewegung zu setzen. Haben Sie das begriffen? Absoluter Gehorsam. Und zwar entlang der gesamten Befehlskette!

Angsterfüllt schreckte er hoch.

Wie lange hatte er geschlafen? War das ›Ding‹ noch da?

Seine Hände zitterten, als er den Hügel mit dem Sucher anvisierte. Er mußte einen Wecker bereitstellen – mehr als zwei Stunden auf einmal durfte er nicht schlafen. Er flog hinüber auf die Steilwand und blickte auf das Hügelgrab hinunter. Er stellte seinen Detektor auf den Hügel ein und ortete den Roboter. Er lag nur fünf Meter vom Rand des Hügels entfernt, und zwar auf der dem Tal zugekehrten Seite. Der Laserstrahl hatte eine neue Öffnung herausgebrannt, diesmal mehr seitlich. Der Spalt wurde immer größer ... Fieberhaft suchte Trace nach Steinen, um sie über die Felskante zu rollen. Die Sonne stieg am Himmel hoch und verwandelte die Welt in weißglühendes Licht. Trace arbeitete unablässig. Der Schweiß lief ihm in Strömen herunter. Das erste Mal seit Tagen hatte er genügend Flüssigkeit in sich, um zu schwitzen. »Tut mir leid für dich«, flüsterte er. »Es ist schließlich nicht deine Schuld.« Er gab den Blöcken einen

Stoß, die er am Felsrand angehäuft hatte. Morgen würde er schon einen größeren Weg zurücklegen müssen, um sich neues Material heranzuholen.

Am nächsten Tag bekam er wieder Fieber. Er hatte vergessen, weiterhin seine Medizin zu nehmen. Irgendwie hatte er geglaubt, der Überfluß an Wasser würde das Fieber vertreiben. Er unterhielt sich jetzt mit dem Roboter, beschrieb ihm die Steine, die er verwendete, und erklärte ihm, weshalb er ununterbrochen an seinem Grab arbeiten müsse. Er wählte die Steine manchmal mit unendlicher Geduld aus, ließ solche liegen, die zu schroff waren, und war überglücklich, wenn er einen entdeckte, der ihm in Form und Farbe besonders zusagte. Seine Stimme war leise und freundlich, wenn er dem Roboter einen neuen Stein ankündigte und ihn über den Felsrand stieß.

Manchmal arbeitete er auch nur, um nicht über den Zustand seines Körpers oder seines Verstandes nachdenken zu müssen. Immer wieder klafften große Lücken in seiner Erinnerung auf, und er wußte nicht mehr, was er in diesen Zeiten getan oder gedacht hatte.

Die Stimmen verharrten jetzt in der Fähre, verstummten, wenn er das Boot verließ, und klangen wieder auf, sobald er zurückkehrte. Manchmal erinnerten sie ihn daran, daß er essen oder seine Medikamente einnehmen mußte, und sie warnten ihn auch, wenn es Zeit wurde, vor dem Wind Deckung zu suchen. Ohne die Hilfe der Stimmen wäre er schon längst gestorben.

Er erzählte dem Roboter von den Außenseitern. »Die wollen uns in unser Sonnensystem zurückdrängen«, sagte er. »Dann müßten wir viel Neues lernen. Wie man in Frieden leben kann, wie man mit wenig Land auskommt. Das wird nicht leicht sein. Aber wir können gegen die Außenseiter nicht an.«

Er sprach zu ihm über Lar, über Duncan, über Tod und

Leben. Der Roboter gab ihm nie eine Antwort. Das Tasten des Laserstrahls war das einzige Lebenszeichen.

Trace ging dazu über, zu warten, bis der Strahl die Felswand erreicht hatte, ehe er dem Roboter etwas Neues erzählte. Wenn der Strahl die Felswand traf und dann auf die andere Seite zurücktastete, war das ein Zeichen, er solle mit seinem Bericht fortfahren. Vor und zurück ... von einer Seite zu der anderen ...

Trace freute sich besonders, wenn der Roboter einen unerwarteten Fortschritt gemacht und mehr Steine weggebrannt hatte, als Trace hinuntergeworfen hatte. Dann schob er fast bedauernd seine Steine über den Felsrand, als schäme er sich, angesichts solchen Mutes mit seinem Werk fortzufahren.

Plötzlich begann das Funkgerät in der Fähre zu summen. Ein Licht flackerte auf dem Armaturenbrett auf. Das Rettungsschiff! Er stand mit dem Rettungsschiff in Funkverbindung! Nachdem er seinen Bericht durchgegeben hatte und der Apparat wieder schwieg, hatte er feuchte Augen. Eine Stimme – eine wirkliche Stimme! Eine Stimme, die nicht seiner Phantasie entsprungen war! Er trat an den Felsrand und rief zu dem Roboter hinauf:

»Jetzt ist es aus, mein Bruderherz! In ein paar Stunden ist das Raumschiff da, und dann bist du erledigt! Verstehst du, was ich dir sage?«

Trace wartete, bis der Strahl sich in die linke Schluchtwand hineinfraß und dann wieder zurückschwang. Er nickte. Ja, der Roboter hatte verstanden! Jetzt würde es auch keine Rolle mehr spielen, wenn er sich befreite. Man würde ihn aufstöbern und Bomben auf ihn werfen. Wieder wurde der Roboter zum Gejagten. Seine Rolle als Jäger war ausgespielt. Trace lachte. Jetzt schob er keine Steine mehr über den Felsrand.

Er kehrte ins Innere der Fähre zurück, wusch sich, aß

und brachte die Fähre auf Hochglanz. Sogar den Schutzanzug reinigte er gründlich. Er beobachtete das Raumschiff auf dem Radarschirm. Es kam immer näher. Zweimal ging er an den Klippenrand und blickte hinunter auf das Hügelgrab. Er schätzte ab, welche Fortschritte der Roboter inzwischen gemacht hatte. Ein Haufen loser Steine bewegte sich, und Felsbrocken kamen ins Rollen. Leise sagte er: »Tut mir leid, Bruderherz. Hast dich die ganze Zeit über wacker geschlagen.«

Das Funkgerät summte und rief ihn in die Fähre zurück. »Captain Tracy! Hier spricht General MacClure! Herzlichen Glückwunsch, Trace! Sie haben dort unten hervorragende Arbeit geleistet! Sie können sicher sein, daß man das entsprechend würdigen wird. Äußern Sie nur jeden Wunsch, mein Junge! Er wird erfüllt! – Wir haben einen Wissenschaftler von der Armee an Bord, Colonel Langtree! Beantworten Sie seine Fragen!«

»Ja, Sir«, sagte Trace verwirrt. Er hatte gehört, daß Langtree einen der beiden Wissenschaftler war, denen der Roboter auf der Venus entkam. Er wartete. Gleich darauf erklang die dünnere, verdrossene Stimme des Wissenschaftlers:

»Captain, Sie meldeten, der Roboter sei nicht zerstört. Stimmt das?«

»Ja, Sir, das stimmt.«

»In welchem Ausmaß ist er beschädigt?«

Die nächste halbe Stunde verbrachte Trace damit, die Fragen des Wissenschaftlers zu beantworten.

Er beschrieb in allen Einzelheiten die Verfolgungsjagd über die Berge; die Aktivität des Roboters, seitdem er in die Falle gegangen war; die Fähigkeiten, die er an ihm beobachtet hatte, solange er noch frei gewesen war. Nach diesem Gespräch folgte eine kleine Pause. Dann meldete sich wieder MaçClure.

»Trace! Man wird Sie abholen und an Bord bringen. Wir werden Ihnen gleich nachher den genauen Treffpunkt bekanntgeben. Eines noch – ist der Roboter über Funk erreichbar?«

»Ja, Sir, meine Fähre ist kein fünfzig Meter von seinem Hügel entfernt.«

»Gut, Trace. Stellen Sie Ihr Gerät so laut ein, daß er es hören kann. Wir brauchen den Burschen noch! Die Außenseiter wollen sich nicht mit uns arrangieren. Sie haben uns ein Ultimatum gestellt und uns keinen Spielraum mehr für Verhandlungen gelassen. Sie bestehen darauf, daß wir uns auf das Sonnensystem zurückziehen und dort bleiben, bis wir ihren Bedingungen entsprechen, die sie für die Gemeinschaft der Völker in der Galaxis aufgestellt haben. Das wäre das Ende der Weltföderation. Im Moment können wir sie nicht bekämpfen. Doch wenn wir den Roboter haben, wenn wir das System seines Energieschirmes kennengelernt haben und ihn für unsere Schiffe einsetzen können und weitere Roboter mit diesem Schild bauen, dann können wir uns die ganze Galaxis aneignen, die Außenseiter mit eingeschlossen! Die haben nichts, was sich mit seinem Schutzschirm vergleichen läßt. Wir brauchen den Roboter, Trace! Sie sind der größte Held seit Prometheus!«

Was MacClure gesagt hatte, stimmte. Trace war jetzt der größte Held des Alls. Das hatte er schon vorhin aus MacClures Stimme herausgehört, die so respektvoll geklungen hatte. Das war also der Sinn und der Zweck dieser vierzig Tage. Trace lachte triumphierend und schaltete das Funkgerät ein, so daß der Roboter mithören konnte. Er stieg aus der Fähre, um ihn beobachten zu können, um mit ihm die Worte zu hören, die vom Raumschiff kamen. Ein meterlanges Stück war aus der Felswand wie mit einem Messer herausgeschnitten worden.

Trace hielt Abstand. Langtrees Stimme neben ihm hallte laut und vernehmlich über den Talkessel.

»Du, Dr. Viantis Roboter! Colonel Langtree spricht zu dir! Ich weiß, du hörst mich und verstehst meine Worte. Ich habe eine Botschaft an dich. Du verstehst etwas von Zerstörung und Tod. Du weißt, was Selbsterhaltung ist! Du bist in die Falle gegangen und zum Tode verurteilt. Du weißt, wir können Bomben auf dich werfen, die dein Laser nicht erreicht. Du hast die Bomben gesehen. Du hast von ihnen auf der Venus gehört. Taste deine Erinnerungsspeicher ab, und du wirst sehen, daß ich deine Vernichtung auf der Venus nicht gewollt habe! Das war ein Irrtum. Wir wollten dich lebend haben! Ich wollte dich retten! Wir möchten von dir lernen und dich mit noch größeren Fähigkeiten ausstatten. Wir sind dazu imstande. Wir wissen, wir können dir mehr Fähigkeiten, bessere Fähigkeiten verleihen. Du mußt mit uns zusammenarbeiten, oder wir zerstören dich!«

Trace beobachtete die Spur des Laserstrahls. Sie war nicht mehr gerade, sondern beschrieb einen Achter, der immer größer wurde und schon einen Halbmond aus dem Felsen herausgebrannt hatte. In einer Stunde würde sich der Roboter befreit haben. Sobald er imstande war, ein kreisförmiges Loch zu brennen, würde er das Loch immer mehr erweitern, bis er frei war.

Die Stimme fuhr fort: »Wenn du meine Worte verstehst, dann weißt du, daß ich die Wahrheit gesagt habe. Man hat dir einprogrammiert, dich selbst zu erhalten! Jetzt mußt du unsere Anordnungen befolgen, sonst leitest du deine Vernichtung ein. Du mußt den Laser abstellen!« Der Strahl erlosch.

Trace hätte nie geglaubt, daß das eintreten würde.

Unglaublich, daß das Verständnis des Roboters so weit reichte.

Plötzlich befiel ihn namenlose Furcht. Er wich vom Felsrand zurück und kletterte in die Fähre.

MacClure meldete sich wieder. Er befahl ihm, das Funkgerät so einzustellen, daß der Roboter es nicht hören konnte. Trace berichtete von der Reaktion des Roboters auf Langtrees Angebot. Er hörte den Triumph in MacClures Stimme, als dieser Trace den Treffpunkt beschrieb. Dann schwieg das Funkgerät wieder. Trace starrte den Apparat an.

Sie wußten nicht, was sie taten!

Ihm fiel die andere Fähre ein, die mit dem Schutzschild ausgerüstet war. Er startete seine Fähre. Er mußte sich auf den Weg zum Treffpunkt machen. Dort wollte er warten, bis das Raumschiff kam. In der Nähe des Mordroboters wollte er nicht bleiben. Sein Fieber regte sich wieder. Das Raumschiff schwenkte jetzt in die Umlaufbahn ein. Man würde in zehn Minuten die Rettungsfähre ausschicken. In einer halben Stunde würden sie landen. Er würde einsteigen. Jeder Wunsch würde ihm erfüllt. Eine lange Ruhepause, Urlaub, Lar. Sie konnte mit ihm gehen, wohin er wollte. Jetzt konnte er sich zurückziehen. Als reicher Mann. Konnte sich alles erfüllen, was der Herz begehrt.

Und eine Seuche verbreitete sich inzwischen über das ganze All ... Wie ein tödlicher Virus bewegten sie sich durch das All. Eine Welt nach der anderen würde vor ihnen auf die Knie gehen oder unter dem Feuer der Roboter sterben – unter dem Feuer der Roboter aus Fleisch und der Roboter aus Metall ...

Er hob vom Boden ab, ging auf Nordkurs und landete neben der anderen Fähre. Er stellte seine Strahlenwarnanlage ab. Aber die Stimmen verließen ihn nicht mehr. Sie waren lauter denn je. Er konnte sie nicht mehr abstellen. Er versuchte sie zu ignorieren, während er an der anderen Fähre arbeitete. Dann kehrte er in seine Fähre zurück und startete. Das Rettungsfahrzeug war bereits auf dem Radarschirm aufgetaucht. Er sah gar nicht hin. Das Funkgerät summte ärgerlich. Jemand wollte wissen, was er getan hatte, wohin er verschwunden war und warum.

Zum erstenmal seit seinem zwölften Lebensjahr hörte er nicht auf die Stimme eines vorgesetzten Offiziers, hörte diese Stimme nicht über den anderen Stimmen, die lauter und eindringlicher waren.

Er dachte an die Venus, seinen Geburtsplaneten. Sümpfe, sanfte Wälder, Nebel und Schlamm. Er liebte sie. Er dachte an den Mars, der hart war, kalt, Städte unter Kuppeln, eine riesige eisige Wüste. Er dachte an die Erde, die vor Leben barst, das ihre Meere, Seen, Flüsse, Wälder verseuchte, achtlos und gleichgültig, weil es ja draußen noch so viele Welten gab. Lar hatte einmal etwas gesagt, was er nicht verstanden hatte: »Trink du zuerst aus der Schale, die du einem Fremden reichst!« Gleichgültiger, unbekümmerter Erdenmensch, nicht verantwortlich für die dem Fremden dargebotene Schale. Sollte er sie jetzt doch selbst leeren!

Hinter ihm spritzte eine Fontäne auf, als die Bombe losging, die er selbst hergestellt und angebracht hatte. Die andere Fähre war verschwunden. Trace hatte die Kunst der Zerstörung gründlich gelernt. Er mußte nicht kehrtmachen, um das Ausmaß der Zerstörung zu untersuchen. Er wußte, es war eine totale Zerstörung. Nicht ein Wrackteil würde man zu Studienzwecken verwenden können.

Seine Fähre glitt dicht über dem Boden dahin. Über ihm der helle Himmel, zur Hälfte von grellem, blendendem Licht erfüllt. Die weißen und die schwarzen Felsen unter ihm! Dahinter die weiße Wüste mit den eingewebten schwarzen Fäden. Überall der Wind, der die Berge abträgt und Sandkorn für Sandkorn in den Dünen ablagert. Eines Tages würde es hier nur Wüste geben, eine Welt des Todes, der Hitze, der glänzend weißen Öde ...

Hier galt das gleiche wie auf Tarbo, dachte Trace. Wenn man es begriffen hatte, verließ man diese Welt nicht mehr.

Er umkreiste seinen Talkessel, gewann an Höhe und Geschwindigkeit und drehte noch eine Runde. Er sah die Greifer des Roboters, die sich bereits aus dem Fels- und Sandberg hatten befreien können.

Das schimmernde Metall glänzte in der Sonne und tat seinen Augen weh. Trace steuerte jetzt genau auf die Schädelkuppel des Roboters zu, die sich unter dem Sand abzeichnete. Als er zum Sturzflug ansetzte, gab es keine Möglichkeit mehr, seinen Entschluß zu ändern.

Er fühlte nichts mehr. Er hatte schon immer gewußt, daß er das Killer-Ding stellen und vernichten mußte. Nur hatte er damals noch nicht geahnt, daß er hier zwei dieser Killer finden würde. »Der Krieg ist für uns beide vorbei, Bruderherz«, murmelte er, ehe die beiden Mordroboter sich in glühender Todesumarmung vereinigten und die Stimmen in ihm jubelnd erloschen ...

ENDE